［法］
西蒙娜·德·波伏瓦
著

沈珂
译

青春手记

III

上海译文出版社

Cahiers de jeunesse
1926-1930
III

趁人不备盗取秘密，这是最卑鄙的事。

我常常会因为自己言多必失而苦恼，若有人读这些手记，

无论是谁，我永远不会原谅。

这是一种丑陋恶劣的行为。

请遵守这一提醒，尽管如此郑重其事有些可笑。

Simone de Beauvoir

我们思考，我们孤独地前行，因为我们就是我们，没有什么
能帮助我们存在。

——《思想》[1]

没有什么能配得上

你的热情，土地不值得一声叹息。

痛苦和烦恼，便是我们的存在，而世界就是

一摊烂泥——仅此而已。

平静下来吧。

——莱奥帕尔迪[2]

被爱是不够的。

不要行义过分。也不要过于自逞智慧。何必自取败亡？

——《传道书》

除了上帝，其余都是烦扰。

——马塞尔·阿尔兰

我们对话的那个人，即使他真真切切地在我们身边，还是有
一些让人压抑的东西。

——莎莎[3]

① 亨利·勒费弗尔一篇文章的节选，发表在之前提到过的《思想》杂志上。——原注
② 莱奥帕尔迪（Giacomo Leopardi，1798—1837）。——原注
③ 1927年4月13日莎莎给西蒙娜·德·波伏瓦的一封信。——原注

十二月七日星期二

　　尽管那么难过、那么慌乱，我还是想写点什么。昨晚，他跟我握了握手，似在说："再见了，我的老朋友"。我不知道，这无声的道别背后，他有没有落泪。但当他紧紧握住我的手的时候，我感受到了他给予的温情，这是他曾允诺过的，我很难过，我们竟如此默契，这份默契，不需要，也没有办法用言语来表达。一切归于平静的时候，所有的温情都会变成一种折磨。而当不会想东想西，不会再纠结的时候，那便是纯粹的信任，满满的安心。真希望，这一生，以后遇到伤心难过，都会有人这样地握一握我的手……

　　无论如何，这份快乐填满了我的内心，我为此感到羞愧，昨晚，我呜咽不止，既因为幸福也因为伤心。我的痛苦是真真切切的[①]。啊！科特雷，我昨晚又重读了这些信。梅里尼亚克，打猎，所有的一切，加斯东伯父带着我们一起度过的假期！……我只是为过去悲叹，但无论如何，悲叹过去远远比痛惜未来更加痛苦。在我眼里，未来是那么美好，那么美好，灿烂辉煌，一天天地向我靠近……午饭在玛丽姨婆[②]家吃！啊！我陪着让娜度过了至暗的一夜，我朝着我的朋友激动地大喊，我的朋友就在这里……"要是你再不学习的话，你就不再是你了。"他说："我希望她还是她。"他的目光是那样温柔。我想，他一定在我注视他的目光中也读出了我对他的一片深情。我从不试图掩饰，但昨日，这温情有些泛滥……

这样是最好的：他的母亲、姐妹都在，他会很平静、很安心、很幸福，他思念我，我也思念他，但我们不会向彼此诉说。我们时不时地会看到对方，互相之间没什么重要的事可说，因为我们心里都清楚，我们是相爱的，我们将要面对的是余下的一生要做的一个个重大的决定……这两个月间，我的苦恼、忧虑、不安，这种感觉真是既美好又折磨人，现在我要把它们全放下了。或许，爱情原本是一件特别简单的事……

在这样的情形之下还想着这些，是不是太奇怪了？我也不知该如何是好。我无法不同时感受到难过与温情。亲爱的、亲爱的

---

① 西蒙娜·德·波伏瓦的伯父加斯东经过漫长的一夜后离世，她刚刚目睹了这一切。加斯东伯父是堂妹让娜的父亲，经常带她们去梅里尼亚克打猎，同年7月刚带她去科特雷度假。——原注
② 雅克的外婆。——原注

莎莎。我必须让她参与我所有的幸福，这样，她才能进入我所有的哀伤。她常常不知道该说些什么来安慰我，她的无措让我感动。似乎，言语都是无用的，不必说……总之，我很疲惫，我痛惜所有其他人的悲伤。我自己的悲伤也是沉重的，但我经历过更加可怕的、更加让人绝望的，或许起因没这么严重。但为什么所有这些悲伤，我觉得都是无法治愈的呢？

无法治愈？这才是很残忍的一件事。什么也做不了，抓不住任何希望：无法挽回。有些人在你心里的分量是比你想得还要重的！我原以为我不会因为加斯东伯父的离世这样难过……想起梅里尼亚克，想起科特雷的时候，我是因为我自己，还是加斯东伯父而痛哭？是他也是我自己，也可能是他在我心里的分量。那么多与他有关的事……与我的童年时代有关的一份联系，如今也断了。

说起来，大家都要经历这种事！说起来，我将来的丈夫也会用这样的眼神看着我……"哦！最终都要化为乌有，不可改变的结局！"那样一点一滴地经历跟死亡有关的所有俗事。尤其是想到，睡在这张床上奄奄一息、走向死亡的人，和我记忆中那个朝气蓬勃的人竟是同一个人……

十二月九日星期四

那次握手，这些日子我所经历的一切。能简简单单地爱一场，不再强求自己要与爱情的高尚所匹配，也不强求多爱自己一点。如今，有一件事是肯定的："我希望她还是她……"他不再对我有什么要求，只是做我自己。我得经常重复克洛岱尔的话："我们要防止自己过于松懈，防止错误地认为自己所在之处便是终点。"

他爱我，爱我原本的样子，这是不够的。我必须要让每一天都不荒废。更重要的是，我决不能按着他的步调活着。这对每一个陷入爱情的女人都是一种危险：她会放弃自己身上所有对对方来说不是立刻必需的东西，而仅仅满足于符合对方的要求。在我身上，有很多东西对雅克来说毫无用处，我不应该把这些都牺牲掉。谁能说，这些对他来说永远都没有用呢？而且，爱情并不是唯一的目标。我的生命还可以有别的用处，我的自我还需要我小心翼翼地呵护，尽管另一个人会与我一起分担重负。他多想让我过得自在、轻松。但我做不到，永远都做不到！若是我现在有所松懈，也许有一天我会怨恨他。我会想，如果他的爱没有削弱我的价值该多好，我不对他有这样的怨怼该多好。

我的梦想是我依然过我自己的生活，而他会在我的生活中占有一席之地。可我无法做到，事实是，我围着他转，他成了我生活的中心。除了我自身的软弱，没有任何其他东西强迫我去牺牲。我要变得强大。给他带去温柔，也能帮助我……我不想去追究他是如何爱我的。这是他的秘密，只属于他一个人的秘密。

十二月十一日星期六

　　我的朋友，我的朋友本应该来的，却没有来，昨晚，你离我那么近，那么令人心动！整个晚上，我都在期待着这一刻，能在熟悉的客厅里，点着火的壁炉旁，微弱的光线下，安安静静地与你独处。昨日，我看到了你微笑。几天以后，或许就是明天，我会温柔地看着你。今天这里很暖和，很宁静，没有欲望，也没有遗憾。去年，我还带着骄傲和英雄主义，孤零零地度过了一个又一个激动的夜晚；而今，我的内心充满着温情，与其他陷入爱情的人一样，辗转难眠。读《握手》的时候，我有点看不起他们温柔的抱怨。读《告别青春》，我觉得今年自己的心更加疲乏、更加深情。确实就是这样……啊！我只是单纯地幻想着一份宁静、不受打扰的爱情。我们亲密无间，守护着我们的青春。你紧紧地拉着我的手，我的手懒洋洋的，任由你摆弄。我的朋友……很美好，是不是，我们两个人的青春在靠近，由于你手足般的深情，所有的焦灼不安都消退了，取而代之的是深深的、炽热的同情。我有点气我自己，足足两个多月都在不停地左右摇摆，任由自己误入歧途，而一旦恢复了元气，又可怜巴巴地想要找回你……可我现在不同了，很平静，也很有耐心，我很确信自己被爱着，也相信有朝一日能亲口告诉你，我有多爱你。我希望一切可以像这样持续下去……我出发去索邦大学，包里放着莫里亚克温柔的诗句，而在我的内心深处，你已经成了一种习惯，如此的甜蜜，你再也不是我学习路上的阻碍。我想到的不是你，而是生活，在你身旁生活，犹如我感觉到你的目光投射在我的脸颊上。

今天下午，当其他同学在调情，在开着低俗玩笑的时候，我感到的甚至不是骄傲，而是，我在高处，和你在一起，我们是孤独的……为什么就不能一直这样下去呢？我曾如此用尽全力承受痛苦，我以为不会再留下一丝一毫的苦痛。无论什么都不会让我失去对你的信心，对你的爱的信心。而在我的爱里，没错，我从承受你的爱的过程中获取力量。最后会不会是甜蜜的忧郁与狠狠的激动交替出现？我内心的安宁，上帝啊，我内心的安宁……

今天上午，我满怀乐观，哼唱着"会好的，会好的，一定会好的"。是的，我不会大声地喊出来，但"会好的"。我会好好地学习，好好地想着他，好好地一边想着他一边生活。从前的老朋友也不会妨碍我的生活。这份新的感情会在我的生活中获得一席之地。

星期一，我要见默西尔小姐。我要跟她说吗？

《告别青春》里所有的诗篇，我都喜欢，特别是他写给女性朋友的诗，与我们之间严肃又纯粹的感情简直如出一辙。那些表达孤独的诗句，在那些独自一人的夜晚，他想到了自己的朋友。

让我们欢呼雀跃，哦，我的孩子，在我们内心深处拥有一种纯粹的友谊，感觉是永恒的。

这个安静的下午死气沉沉

充斥着整个昏暗的房间，我们在这里谈话。

哦，我的孩子，你知道我还有什么没说吗？

还有那些我不敢说的无尽的话？

哦，我的朋友，哦，你就这么轻而易举地

朝我走来，严肃而冷静，眼神涣散……

如果你不来，我的孩子，在晚上

这么多年轻的心因孤独而哭泣的时候

我将走向夕阳，没有绝望。

了解了不为人知的前奏的爱

它靠近心脏，这比死亡更严重。

它是简化的欲望，

它是一个灵魂的欲望，只不过是一种疲惫的温柔。

然而，它是如此厌倦死亡

就像一个在教室的沙漠中被惩罚的孩子。

我的心，你会惊讶于它被安抚，

今晚，与其他忧郁的夜晚相似

在那里你会想死于那个吻……

没有呼吸。低沉的天空下，空气很沉重。

一个本来要来的朋友不会来了。

没有人可以再来了。

我的心，你会想睡着了，死了。

睡着了，死了，再也听不到什么了。

只有被遗忘的温柔老歌的曲调，

只有过去的声音在你心中嗡嗡作响，

只有你的第一次情感的失落呜咽。

——莫里亚克《告别青春》

十二月十四日星期二

星期日上午，我在卢森堡博物馆里待了一个小时。又很快地看了莫奈、毕沙罗、西斯莱①、贝纳尔②等等的画。莫里斯·德尼③的三幅画，看了很长时间：《天使报喜》《耶稣在马大和马利亚家》《白衣母亲》，啊！特别是最后一幅。还有夏尔·盖兰的两

---

① 阿尔弗莱德·西斯莱（Alfred Sisley, 1839 — 1899），英国画家，是印象派的代表。——原注
② 阿尔贝·贝纳尔（Albert Besnard, 1849—1934），法国印象派画家和版画家，1922 年起担任高等美术学院院长。——原注
③ 莫里斯·德尼（Maurice Denis, 1870 — 1943），法国画家，他曾试图革新宗教艺术。——原注

幅画，但我还是更喜欢上次在秋季艺术沙龙上看到的，不过《戴手镯的女人》确实很美。还有瓦罗基耶[1]：佩鲁贾的街道，非常有人文气息，我很喜欢。

勒巴斯克[2]的画没感觉。马蒂斯很有名，我很喜欢。东根也一样。瓦洛东[3]，我之前不太知道，不过他的《穿红裙的罗马尼亚女人》和《静物》两幅画吸引了我的注意，后面一幅画的是图书馆的一个角落。

下午，我在家学习……

昨日，与默西尔小姐交谈过，很愉快，并不是陶醉在她的话里，而是说不出的信任！我是走路回家的。有些事情，她不如莎莎那样懂我：情感上的纠结，总之，所有跟感觉相关的。但她的共情是毫无保留的，有深度，有高度。我的确是被生命眷顾的人，所有的一切总是顺着我的期盼而来，从不会不期而至，好让我有时间去感受和品味。我找到了她，我可以向她询问建议，向她诉说心里的小秘密，特别是今年，我太需要别人给我力量。当我疲惫的心需要热烈而不是激烈的感情来抚慰的时候，我有莎莎。我还找到了他！

美好的夜晚，我把莫里亚克的诗句念给亨丽埃特听，莫名的幸福。

---

[1] 亨利·德·瓦罗基耶 (Henry de Waroquier, 1881—1970)，画家、雕塑家。——原注
[2] 亨利·勒巴斯克 (Henri Lebasque, 1865—1937)，柯罗的模仿者。——原注
[3] 费利克斯·瓦洛东 (Félix Vallotton, 1865—1925)，画家、版画家。——原注

为什么今晚我不会再把这一切变成一份快乐？没有痛苦，没有欢愉，甚至没有烦恼，也许是因为整个白天都泡在昏暗的图书馆里学习。我想要好好思考许多事情，却没有精力！实在不想再写下去。幸亏今晚加利克的讲座会把我从厌烦中拯救出来。似乎我不再爱了（我觉得可能只是身体上的不适，这也可以改变我们的生活质量！）。

她还没有到可以睁眼做梦的年龄。因此，当人们在一张脸上看到一个可接受的特征，他们就会孜孜不倦地寻找与之相关的另一个特征。人们发现这一特征，因为有生活中的闪光。这样就构成了人们迫切想要的美，现在是谦卑的、耐心的、满足于日常生活的恩惠。一个人学会了存在之物的功绩，也懂得去做那些必须做的事，才能崇拜那些停下来的路人，他们一点点地变了模样，而仍然站在您的面前，他们已经被记忆的光辉所触动，在记忆里，他们依然会被完好地保存着。

——德里厄·拉罗谢尔《对未知的控诉》①

十二月十六日星期四

默西尔小姐跟我聊起了我，我觉得她说得很对：混乱，过于

---

① 于 1924 年发表。——原注

敏感，但内心强大、精神上稳定又让我有能力在最为艰难的情况下重整旗鼓。她对我说："在别人看来，你是个很平静的人。"我认为自己有足够的力量来承受爱情，或许甚至是幸福。已经足足一周，我没有看到他，已经很长时间，我们没有深入地交谈过。以前，我能做到我过我的生活，与他无关，似乎只是牺牲了些时间，有了一个无足轻重的期待，无论以什么样的方式，只要能实现就好，但是不想念他，至少不会为了让自己感动而去想念他。因此，周二晚上，美丽城一家图书馆里的讲座，很容易引起共鸣，也很有吸引力。可我很痛苦，因为想到若是在去年，像这样与加利克亲切地交谈对我而言会是莫大的（幸福?），而现在我只感受到了一种愉悦：一种强烈的兴趣，现在得到了满足，而这一切我却已经不在乎了。总是这样的，愿望达成之时也是愿望消失之日。这会是一个很好的小说主题。人一方面想尽办法去够期望中的目标，一方面抓着马上要溜走的期望，而期望永远无法与期望中的目标相会。有时，我心里会冒出这样一个愿望，自己完成一部作品，而不是把我的生命用在让他能够完成一部作品上。我真的很痛苦。我知道，不久之后，没有什么能阻碍我。但今天的我，要是我更有勇气一点，啊，那么我自己就有很多东西可说！有些时候，这一切又是那么无足轻重！从不会有一本书能表达我的内心最深处？我有必要让别人都知道，获得别人的赞同吗?

　　和加利克，还有和我同龄的年轻人一起回来，很放松，很开心。人群中确实有年轻的气息，她们直爽、讨人喜欢，我也加入她们，关系要比我起初以为的紧密许多。我同样也很确定，我需要满足某种需要。我明白了团队的意义，但不是像加利克，把生活局限在这里。我欣赏行动、作品。最好是去塑造生活，而不是将生活局限在这里。

今天上午，我在索邦大学的图书馆又找到了我的爱。是的，我会再见到他，但整个这段时间，整个这段时间都失去了。你为什么不在，我的朋友，为什么这原本属于你的幸福都化为了乌有？今天一天都沉浸在文学和艺术的熏陶里。我看了科克托的画展和实物展，我觉得非常有意思，还看了毕加索和马蒂斯的画作，很美，还有布拉克①、修拉②的复制品。我读了《埃菲尔铁塔下的新婚夫妇》③和马塞尔·阿尔兰的一本悲剧作品《产妇》④。我翻阅了许多现代文学作品，深受感动。这让我有些激动，这么年轻有活力的思想，我只能接触到很小一部分。当我从中脱身出来的时候，感到一阵头疼，因为过于不安，因为情绪太过热烈，还有这种担忧，总想着要"了解，知晓"，而不是发现一样美的事物……生活在我这个时代是一件美妙的事，应该尽可能地去了解这个时代，但理应悠闲地、充满爱地去了解，而不是急躁地、带着某种猎奇的心态去了解。我认为自己有时候就是好

---

① 乔治·布拉克（Georges Braque，1882—1963）。——原注
② 乔治·修拉（Georges Seurat，1859—1891）。——原注
③ 科克托的戏剧，1921年上演，1924年出版，与青年作曲家六人团（乔治·奥里克、达吕斯·米约、弗朗西斯·普朗克、热尔梅娜·塔耶费尔、阿瑟·霍尼格、路易·迪雷）合作。——原注
④ 于1926年出版，由夏加尔绘制插图。——原注

奇多于热爱。不过,我真的很喜欢毕加索的《牵着马的男孩》《母性》,我也确实好好地品味过阿尔兰作品的美。我读完了莱昂·布洛瓦的《绝望的人》,我不喜欢,激情过于粗鲁,骄傲又令人生厌,或者更确切地说,是一种自娱自乐。但粗鲁并不庸俗,字里行间都是对图象、对宗教文学和对普遍的愚蠢的尖锐的批判,极有说服力,令人赞叹,一种对全人类的愚蠢的憎恶,很合我的心意。

傍晚时分,我去了莎莎家。她为我弹奏了德彪西的《月光》《浪子》,肖邦的《即兴曲》。见到她,我很开心,不过我还没有告诉她我和雅克的事,又让我有些不安,我应该要告诉她的。

终于,宁静的夜晚唤醒了沉睡中的爱情之苦,找回了被遗忘的你在身边的甜蜜。无论如何,我刚重新梳理了自己的人生,看看若没有爱情(也没有不付出爱的痛苦,也许其中还是会有爱情的成分)自己会经历什么。作品,学业,友情,书籍,我拥有一切。不,不对!才十八岁,我已经就此满足了。这一切都不是必需的。而爱情才是唯一必需的东西。所以,我可以把爱情放在首位,把它看作是独一无二的东西,因为爱情是热情和崇高的唯一源泉。而且,有什么必要去论证一样不可能不存在的事物?

十二月十八日星期六

从雅克家吃完饭回来。昨天上午,我发现这封信的时候,烦恼占据了我整颗心，这封信让我本应用来学习的白天和夜晚变得平静、充满爱意。今天上午和下午，我学习。我的思想又恢复了活跃，特别是读《思想》的时候，关于这一点我之后会再提。我与哲学逐渐熟悉起来，哲学占据了我白天里的很多时间。他离我很远（我觉得他很近，是因为我想念他，我很平静，我坚信很快就能见到他；而我觉得他远，是当我把他与身边热情的人相比的时候）。我走在圣米歇尔大道上，突然隐隐约约有种强烈的想哭的冲动，因为可能会失望，因为我害怕他又把我的心填满，因为我害怕他在我心里占的位置不够多。今天早上，当我穿过卢森堡公园，像昨天在去讷伊的路上一样，仅仅因为天空很蓝，因为我对学业感兴趣，因为我必须见到他，我觉得我在宁静的阳光下走，脚步轻快，不再悲伤落泪，阳光拂过我的脸。我重复着克洛岱尔的话："这比自身还要必需……"而我对自己说：没错，这是最重要的，永远都是。这必须是最重要的，这样我才能确信，无论发生什么，这都是最重要的。

可今晚，我再也无法谈起今早的事。因为他吗？哦，总是这样。我很高兴借给他看里维埃和傅尼耶的《书信集》，跟他一起读《思想》，也很高兴他摆脱了烦恼并再也不想被烦恼缠身，那些烦恼曾让他在我眼中变得渺小。我很高兴看到他即便摆脱了那些烦恼，也不幸福（不然他就离我太遥远了）。我很高兴，他还是一如既往地随和，答应下次给我带书来……他是九点钟离开的。我压抑自己心里的难过，我很确定，即便他没有安排好要留下来（换作是我的话，我一定会留下），也不能就此证明他不爱我！同样地，他过他的生活，与我无关……只是朋友间的一封信：为什么他还停留在称呼上，为什么是玩线团的猫那样的态度？人们总是害怕成为那个线团。啊！无论我想什么办法，都无法消减心中的不安，我很焦虑。他说自己资产阶级化了。克洛岱尔、里维埃，某种意义上说也是资产阶级化的。可从内心来说，他会逃离属于他的生活的舒适区吗？他给我写信或是不写，都不是问题，关键是他不能失去自我，他不能否认自己的青春！完成一部作品当然是一件美好的事，因为自我表达的前提是必须捍卫自己。可重点是，他一直捍卫着自己。这是我的印象，也有可能是错的，这不是我对他的判断，而是内心的一种确认，对某种不稳定的、不常见的事物的印象。除了在感情里，他似乎缺少一种韧劲，不那么可靠，只是对我而言的……我很需要跟他好好聊一聊，来驱散这一不安，不是因为怀疑他的价值而不安，而是因为害怕他没有好好发挥自己的价值……他对我说："我会把这些事都告诉你的"，就像对着一个有权知道一切的老朋友。接着我们谈论起了战争。我深深地感觉到，我的生命由不得我自己：一切都掌握在另一个人的手中，而他会毫不犹豫地拿着我的一切去冒险……如同家里的女主人看着别人拿着自己最心爱最昂贵的瓷器做平衡练习一样……

　　还有母亲总是数落我们的不是。我不愿意对她报以怜悯，对接受怜悯的人来说，这是一种耻辱，而对给予怜悯的人而言，是一种痛楚。总有些事情即便出于责任，也还是做不到的，我不能撒谎。为什么我不说，她就不能明白这是爱情？为什么不能爱我原本的模样？为什么要指责我成为不了她理想中女儿的样子？为什么不能容忍已经无法改变的事实？因为她再也不能明白，我因为知道自己不会被理解，便再也不会倾诉了。

想着我见到了他，想到我们在一起短短的但又甜蜜的几分钟，这个夜晚这样结束该多好。可此刻他不在我身边。面对他的母亲、姐妹……我深深地感觉到他能永远在我身边的那一天是多么的遥远，又或许这一天永远不会到来。也许只有在这一天，我才真正开始活着，我不知道到时我的生活会是怎样。

少女时期已经结束了，往后有许多条路可走。在我的内心力量耗尽的时候，我又在另一个人身上得到新的滋养，这的确是天大的恩赐。但对我的青春来说，早早地确定了所有激情付出的对象，又该是一段多么清戒的生活。要是我对他的爱没有足够的信心，听信了今晚发生的一切，那么此刻我一定会悲痛万分。我因怀疑他而伤心，其实我是内疚的。我知道，若有一天他因怀疑我而伤心，被我知晓，我会多么痛不欲生。

两周或者更久没有再见到他了，是这样吗？必须有一种达到平衡的遗忘，或者狂热的激情才能让我与他步调一致。当我遗忘的时候，我觉得遗忘如同背叛——而狂热的激情，我又觉得与其说是对雅克的，不如说是对我自己的。我在两者之间摇摆不定，很不舒服，但又说不上有多痛苦。不过无论如何，只要他存在，就是莫大的幸福，对他来说也一样，我的存在就是幸福。

十二月二十日星期一

我情感上又恢复了平静（只是因为在焦虑的愁云一直笼罩我的时候，一团真正的乌云让我浑身战栗，我甚至觉得它随时会把我卷走，我的身体完全不受控制，被它带到世界的尽头。我从未想过我爱的人会死去，为何我想到他有时会颤抖成这样？他必须要活着，这难道不是一个美好又必要的前提吗？）

昨日，去了丁香园：幸福的工人之家。他们淳朴、善良。晚上见了莎莎。给贝尔克的病患写信①：莱昂·朗格莱和让·帕斯卡。今天有希腊语课。和去年一样，我开始对哲学有了兴趣。我还记得，十月份的时候，我还无法专心学习。如今这样很好，很单纯。说起来，与我们八岁时的友谊多么相似啊！甚至没有了做作，只有相见的喜悦，互相承认的爱意。我深切地意识到自己的幸福。然而，今晚，我非常伤心，只因为他不在。《思想》包含的信息量非常大，总是让我陷入无尽的思考中。莫朗日的两篇文章很精彩，他赞扬了克洛岱尔所描绘的欢乐、行动和内心巨大的

---

① 美丽城的团队请西蒙娜·德·波伏瓦通过写信的方式，给在贝尔克海滨疗养的病患授课。——原注

能量。亨利·勒费弗尔的一篇文章也很妙，他试图摆脱陈旧思维的束缚。波利泽的文章是对弗里德曼关于当下文学看法的权威性研究："他们丢弃了自己本身永恒的那部分……"在文章里，他批评了无拘无束的年轻一代。这本书体现出极大的文学美感，除此之外还有许多地方很触动我，批判的方式，高屋建瓴地评判我爱的、令我伤心的一切。（哦！很高兴看到我们爱着的人受批评，当我们对他们有怨言的时候，一些玩笑话一样的批评，很高兴能这么爱他们。我喜欢有人在我面前批评雅克，只要这个人懂他，和我一样地看清他。不需要揭示些什么，让我改变自己原先的判断。）只是，这一切又是什么呢？什么是生活？

什么是生活？

当所有人都告诉我生活不是什么的时候，谁来告诉我生活到底是什么？

《在场》，莫朗日

有一种快乐是如此之大，以至于如果一个人拥有了这种快乐，他就永远赢得了可能的最大胜利；以至于一个人之后的唯一意愿，就是再次拥有这种快乐。一个目标产生并被发现，它消灭了所有其他目标。它改变了我们的一切想法。最后你会意识到，即使你不经常体验到快乐，快乐也没有离开你。因为你渴望它，而这个渴望仍然是它，而且，即使它被许多悲伤覆盖，你至少仍然是在悲伤之余能够记住快乐的

20

存在，我们需要快乐，只有它是真实的。

……快乐是生命的原则完全结合在一起的时刻，是生命最伟大的团聚。一个关于整个生命，关于永恒生命的孤独的地方。它是精神。因为它是生命中走得最远、最好的地方，有着最真实的相会。

……人们可以称拥有这种快乐的灵魂为真正的灵魂；人们可以称它为被拯救的灵魂，如果它懂得体认这种快乐最独特、最崇高的现实，从而始终有能力把握住。

这是将我与所有虚伪的人区分开来的无比重要的东西，我说：如果一个真理进入我的生活，我只需要服从它，只有它才是最重要的……而那些虚伪的人，他们则相反，他们只重视他们所使用的手段。他们几乎不关心这个真理，他们发现它时非常震惊，他们甚至从未在内心深处想过，他们认为不会有时间去发现它，所以他们忙于那些细枝末节的事，正是这些事铺就了他们的肮脏小路、他们的道德、他们的虚伪。

有必要努力寻找解决之路，寻找一种充满巨大智慧的真理，这一智慧能够成为一切事物的原则，甚至对那些尚未发现真理的事物也是一样。这种智慧将必须能够在任何地方使一切在此的生物都迸发出生命力，并使快乐重现，若它尚未出现的话。

是的，你必须经历我的岁月，一天都不能少，脚踏实地地经历，而不是站在高处只是了解。我知道。必须完成。

你不应该说："我停下了。我已穿过泥泞的道路，我弄脏了，很痛苦。我已经没有力气了。我错了。我很迷茫。这个地方很荒凉。没有什么能帮助我。我的灵魂已经消失。我被沙漠隔绝。我是一个意外。结束了。我只需说出发生在我身上的事情。我只需要做一个例子。我只需要成为一张立在坍塌之物上的卡片。我只需要变得温柔……"不，必须休息。尤其不必害怕那些说出来的话，那些变得有毒的话。有伤害吗？只需看顾好善意，而不是频繁地为自己立标杆。必须休息。甚至必须睡觉。必须在灰烬下生活。善意会回来。会带来更多的建议。我们能完美地行动。我们进入一个崭新的阶段。

（感谢这些充满智慧、勇气和希望的建议。）

对真实不应怀着脆弱的爱，应该相信真理如同源源不断的养分，饥饿的时候能滋养你，能保护你免遭伤害。必须接受独自一人穿越无人问津的区域。真理，并不是平原尽头我们能看到的小山丘，在荒芜之地出现的连绵的群山，而是在小心翼翼地穿越这些令人泄气的地方之后所拥有的东西。

对一个人来说，过去将意味着什么？若他放弃了过去，也就放弃了一切；若他继续，这个坚持下去的"他"便变成什么样？

他们失去了自身永恒的那个部分，
弗里德曼

如今的文明偏离了世界，偏离了现实。对可用性的批评。

可用之人已经摆脱了真理的内在力量。他们躲避了这道光，以使得"每样新事物都觉得它们是可用的"。他们多年来一直在摆姿势，装腔作势，以践行可恨的戒律，即"对你来说，重要的是看，而不是看到什么"。他们在一个死胡同里守着，他们把出口堵住，没有人可以进来。但同时又假惺惺地抱怨没有人来。他们也曾不安，也等待着"上帝"的降临。他们写小说、写散文博同情，在或属于他们自己的，或属于多少能影射他们自身的英雄人物的精神荒漠中沾沾自喜地耕耘，这是一种绝望，他们理应承受，也加倍用心地保持着这其中的细微差别。

外部世界只不过是个借口，不应喧宾夺主。

一个人随意地接受了生活的所有面向，同样地，他也以同样不积极的态度接受了所有的欲望和倾向，无论是现实的或是虚幻的。既然所有一切都耗尽了他的力量，那么所有活动都会停止，以一种可怜的平等，在这一灵魂面前消亡。

纪德，瓦莱里——年轻的可用之人的画像。

无论他们看什么，人们很快知道，他们在看自己，因为属于他们自己的道德依然是未知的，他们没有行动的能力。同样道理，他们每一个人都不得不相信只有自己才是强大的。事实上，他们只能看到自身的存在，而看不到其他存在。因此，他们到处放置镜子，小心谨慎地观察自己，着实可笑。

（是的，我知道这还不够，可怎么行动，怎么做？有哪些必要的条件？给我一个理由，好让我摆脱自我！……）

我不认为艺术可以不受损害地被当作自负地矗立在存在领域之上的地宫。一个人不会白白地去找人的恶习来培养一种新的、折磨人的变体，一个人不会徒劳地打破一个灵魂和它所试图重新创造的对象之间编织的所有有机联系。珍贵的、石化的作品，你会受到惩罚！

关于普鲁斯特的深入研究：在哪些方面是与有用之人相近的（以想要重构一切），哪些方面是与之不同的。这是一种被压抑的强大力量：

> 他努力确认幽灵，在无人问津的事物中寻找生命，在上面传播他的神迹。

《引言》，波利泽。

我们生活在一个学术的世界里——哲学只关注那些以"为了思考无需存在"为前提的问题——对当代哲学一个快速而有力的概述。

应该在具体的层面上研究人。不应抽象地思考生命的问题。选择立场。

首先，我一天天地过着日子，完全不操心该如何才能让日子过得尽可能的舒心。去年，我发现生活所包含的内容远比时间这一承载生活的容器更加丰富。我好好利用每一分钟，把每一分钟都填得满满的，恨不得一分钟当作两分钟用。毫不夸张地说，以前没有一秒钟是属于我自己的：娱乐、消遣，这些在我未来的计划中没有位置。一切都为了无法改变又无比沉重的生活而准备。我也不知道。

我说的不是生活的外在形式。我知道，该求助于什么才能成就自己的幸福；我知道，爱情一旦来临，会扮演怎样又沉重又温柔的角色。但我也知道，无论如何，被爱或不被爱，幸福或不幸福，都必须活着。如何生活？我是不是又要尽力不在生活中自寻烦恼？这是不是一片贫瘠的土壤，即便如此，还要辛辛苦苦地在上面种出花来，以排解生活的单调乏味，抑或这是不是一片未被开垦的森林，要在里面开出一条路来？我曾以为生活是那般充实，我必须集中所有的精力来吸收一切，可如今生活在我眼里，却是空洞的，我必须臆想些什么来填满它。生活比我们自身渺小。大家都这么说。但也不会体会到这句话到底是什么意思。这很令人伤心：我要付出，可我既没什么可以付出，也找不到可以付出的对象（因为爱情的互相馈赠只是一种合二为一，并不是纯粹意义上的馈赠）。我有足够的力量可以支撑起一个世界，可没有一个世界需要支撑。想做点事，可无事可做！任何事都不需要我，任何事都不需要任何事，因为任何事都不需要存在。"不应该寻求幸福，因为我们还有别的事可以做。"我认为没有什么别的事可做，只是消磨时间而已。

年轻的时候，人们好好生活，因为无论遇到什么问题，都会去寻找解决的办法。若能找到，那生活中便没了烦忧；若找不到，就是因为根本没有解决的办法，或者因为问题本身可能也不成其为问题，在一个自己臆想出来的问题上耗尽心力，让人厌烦。然后呢？

我失去了生活中的信仰。

我想过：那么多行动需要完成，即使花费所有的时间都不够。那么多学科需要掌握，大脑能接收的只是冰山一角。那么多美需要去欣赏，我身上还有那么多不够细腻的地方需要改善！难以抉择！不管什么，都无能为力！我以为行动、学科、美，还有这个亲爱的自己，都是小事，都是微不足道的，而那么多微不足道的小事，我永远不会限制它们的数量，把它们变得最少——而是把它们看做另一层面的事。人比他的生活更伟大。养育孩子还是批改作业？舒舒服服地享受生活，还是刻苦地工作？同样的问题一直存在：如何生活？可有些人活得很好……里维埃已经活过……纪德还活着……就这样吗？

我看着母亲，看着默西尔小姐。还有蒂蒂特^①——幸福、热情、淡漠的人，不管怎样，他们都活着。今日的他们清楚地知道明日要做什么。晚上入睡的时候，不会觉得一天一无所获，也会因为没有失去什么而感到高兴。他们就这样过了一整天。我希望自己被要求，不要把时间浪费在操心无谓的事情上。可别人不会对我提任何要求，人不会对其他人提任何要求。

总结

我开始思考自己的生活已经整整一年了。对自我的发现和对其他人的发现让我兴奋不已，我还未曾对自己的思考做任何的

---

① 西蒙娜·德·波伏瓦的表姐泰莱丝·尚皮涅勒，雅克的姐姐，比她大三岁。——原注

评价。我寻求的是：在自己的内心实现自我（自我崇拜，等等，巴雷斯），和在自我的外部实现自我（行动：加利克、佩吉）。从前，我不渴望幸福。我是狂热的，洞察力却不够，我是热情的，却不够清醒。我没有意识到一种普通的生活被自己置于另一层面上。于是我变得有洞察力，喜欢细致入微地分析，同时我从自身走出去的能力变弱了。我对行动不再那么感兴趣，我更多地在书籍中寻找自我，但是，这两者本质上是相同的，我坚信自我的任何一个瞬间都有着玄妙的价值（没想到雅克竟然会浪费自己的时间，浪费自己的思想，我很恼火！）。我不曾放任自我：我把握着每一分钟，发生过的每一件事，我都要从中挖掘出金子般的价值，让自我变得更富有。我花了太多的时间和精力在爱情上，因此不太思考自己的生活。可我越来越倾向于过得自由、过得开心，我对现实有了更为精准的感知，不过都是为了用经历来丰富自己。我尝试过其他生活态度，但这些生活态度都基于同样的一种幻想：生活中不要错过任何事物。在残酷的斗争中获得生活所给予的之后，毫不费力地适应生活，适应生活所提供的一切。这便是无所事事的年轻人的态度，带着巴雷斯的底色。

　　总之，我首先想要实现的一种生活是表面上和谐且高尚的。然后，生活得简单又热烈，不担心被利用，但怀着兴奋狂热的欲望：忍受痛苦，内心不再空洞。至此，我不禁自问打动我的一切都那般重要吗？不仅仅因为随着年岁的增长，我会对兴奋狂热有所厌倦，也是因为有一个理由想要保持这样的热情。我也不知道。我只知道，整整一年，我燃烧了许多的想法和情感。正是因为内心这一可怕的缺失，我才无法在任何地方停留，而我却竭尽所能地想要在每一处都留下自己的印记。并不是因为我走得太快，迅速瞥一眼便离开，我至少是可以回过头来走走看看的，可我立刻明白一切，立刻厌倦一切。这样的迅速在我的学业上发挥了很大作用，这种立刻直达问题中心的能力帮了我很多，却在这里成了某种阻碍。从抽象的意义上说，这显然是有利的，可以用短短一年时间就追回之前落后的经历，但是也让人疲惫，而且必须不断地寻找新的事物。我很遗憾，没有过好青春期的几年，那时，生命还很悠长，可以尽情地享受各种美、各种激情，不需要做任何决定。我花两小时读一本书。在一个如此短的时间里，我从中获得的愉悦很上头，让我陶醉。但这份愉悦不会持续超过两个小时。可以重读一次，但不会再有相同的经历。我的生活被浓缩了。因此，我才能用短短一年的时间追回整个少女时期。我有或没有经历过一段漫长的少女时期，我或许都是如今的样子，但我不能假装我曾经有过一段漫长的少女时期。我的少女时代结束了。

　　我找到了自己。我就是我，而且我知道我就是我。我已经完全成熟，完全拥有了我自己。我是一个成年人，拥有成年人的力量和财富。不仅如此，我还找到了自己的生活和未来，我知道哪些东西将在我的存在中占有重要位置。可怕的是，其实没有必要说，我如今是一个女人了。当我们寻找自我，我们在寻找的时候，便没有时间也没有必要去干别的事。而一旦找到，"原来这就是我，这就是我的存在！"对于找到的，我们又该怎么做呢？

我真的很孤单，孤孤单单的一个人，雅克不在身边。我什么都看不到，什么都看不到。纪德总在鼓吹出走，可是环游世界之后，便会知道再看到的一定是相同的东西。不过或许也有可能会一次次地为活着而惊叹不已……我不知道。目前来说，我清算了一切。我必须非常认真地思考。(这不是科克托说的话吗？"既然这些神秘的东西让人不知所措，那就假装是我们安排的吧。")

雅克不应该是他现在的样子。他应该更聪明，更睿智，他应该认真、庄重地对待令我痛苦的那些问题，他应该放下那些小烦恼、微不足道的伙伴之情，他应该具有英雄气概……他应该更成熟，更顽强，更严肃……哦！我永远无法摆脱他，可我有时又会因他生气……我爱他，我无可救药地爱着他，我甚至不知道他是不是为我而生……

《思想与精神》，亨利·勒费弗尔

我们的思想是有血有肉，是实在的……我们希望的是贴近精神的事实及其与精神的明显区别……有些真实的存在在实在中具有普遍性。对我们来说，事实不是在纯粹的概念或拥有物中，而是在现实的前行与战斗中，在存在之中。

我们思考，我们前行，都是孤独的，因为存在的是我们，任何人都无法帮助我们存在。但我们的悲伤会因为我们懂得接受和付出爱的当下而被驱散。

我们希望深入精神的肉身……提出存在的问题，并不是指参与设定的目标，也不是指思考……思想是错误的。因为思想，人会变得僵硬而忧伤。人的意愿应该不断地被触动，随着某些现实走，而这些现实的全部便是精神。

……这是思想所固有的。所有人都在构思自己的生活，继而扮演一个角色，编织一种相应的谎言，自己却永远不会明白：最大的真诚，并不罕见，它与对自我、对人的最大谎言并行。于是人们在源头中寻找解决之法，这个源头便是思想。

（这是解释吗？有时我认为思考是不正常的……）

道德，信条，推理，啊！这些在我眼里是多么幼稚！与痛苦、幸福、呼唤、面貌相比，这些又算得了什么！

……我将不会屈从。没有必要为了战斗而抱有希望。若我们注定无所作为，注定要进入一场无休止的、空洞的游戏，那么我至少希望属于我的游戏是所有交给我们的游戏中最艰难、最崇高的一个……意识到自己的需要、自己的束缚和自己的命运。只有这样，才能确定自我；只有这样才能感知自己的重量以及微不足道的重要性。

安德烈·纪德之所以对正直的年轻人产生了巨大的吸

引力，那是因为他与他们谈论的便是这份真诚。

——马塞尔·阿尔兰

十二月二十一日星期二

雷伊老师①的课，我再也受不了了。中午，我还说，十二月和煦的阳光照在我身上：对书籍充满热情，内心重又变得紧张，重又变得快乐而又兴奋。整整两个小时，我坐在索邦校园里的长凳上，胸口憋闷。《思想》，"意识的考验"，回到孤独的高处……我再也无法控制自己。我想知道……

有那么多人，那么多人，我是永远无法触及的。可触及他们，对我又有何用呢？我是孤独的，彻彻底底孤独的一个人。

再次对抗爱情。关于幸福我曾经忽略的那些问题又出现了：非要忧虑至此吗？当我抓住幸福和爱情的时候，为什么会这样焦虑，怎样面对这样的焦虑？

是自尊吗？（里维埃还是巴雷斯的话？）——我没什么自尊可言。我再也无法像纪德那样说：我活着，唯有此才是令人钦佩的。活得没有其他人那么开心，我无所谓——我会变成什么样？去到哪里？为什么要付出爱？啊！……

这场讲座我没听。我能清清楚楚地想明白吗？我的想法是：

---

① 皮埃尔·拉谢兹-雷伊（Pierre Lachièze-Rey, 1885—1957），哲学教授，康德评论的作者。——原注

我用晦涩的语句描述某种与普通的生活不在同一个层面上的绝对的生活，隐秘的生活。这场巨大的情感危机带走了一切。如今，生命获得了重生。起初，我傻傻的，想要一个人照看好它，而后来又没有勇气抛却它。现在，既要照看好它，又要抛却它。哦！不，看着自己活着，已经不够了，让自己活着，也已经不够了。我用了一年的时间找到了我是谁这个问题的答案。我读了"所有的书"，或者说几乎所有的书。既然如今我明白关于自己、关于他人，我应该知道些什么，既然如今我已经有了必要的经历，那么我必须找到自己的思想、命运、存在的理由，或许这理由根本不存在。我觉得一个新的阶段正在开启，我开始关注自己的思想，会阅读，但不会任由自己被读过的书牵着走，我不会再寄希望于任何一位大师，我会为自身的利益拷问生活的价值。我必须重新找回自己的力量。我必须结束休息的状态，之前因为悲伤，我把休息视为一种力量。从现在开始，不能再浪费时间了。今年同样，我不应该浪费。这几日的假期，我也要好好用来思考问题。而我也要把那些小快乐、小痛苦放在一边，曾经这些都对我无比重要。如今我对自己有了更高的要求，即使是雅克也不能改变我的决心。不过我现在已经完全进入他的思想、他的存在，我也能恢复成原来那个真正的我。就应该这样做，才能懂他、爱他。我不能停下脚步。纪德、巴雷斯、里维埃，我不能因为任何人停下脚步。必须提出真正属于自己的问题。马塞尔·阿尔兰离我很近。再也不存幻想，不再那么敏感，再也不过被动接受的生活。我要去追寻。追寻什么呢？

　　"人们甘心听命于爱情，就如同甘心听命于生活一样。"我昨天指责他的这些话，以后也会用来指责其他人：我竟然把自己囿于另一个人身上！这场爱情太可怕，禁锢着我，让我不得自由。爱情停留在比较低级的层面上，而我却为之牺牲得最多！没有爱情，我难道就活不成了吗？而且活着对我来说是不够的，我还需要另一个人吗？要是他来，堵住我的嘴巴，蒙上我的眼睛，让我变得没有活力、没有感知力、没有反抗力，永远不让我知道，世上还有别的东西存在，那该多好！可事实是，我知道还有别的东西存在，也许明天我会因为厌倦了一切而假装不知道，但我还是一样会知道！此时此刻，我再次感受到这无懈可击的孤独：对我来说，共情或者付出爱，所有这些能让我与他人有所联结的努力都是徒劳的，因为我自己既没有共情也没有爱，因为我的心已经死了，因为除了我自己，我不想顾及任何其他的存在。我到了什么地步，既朴实又高级？还是同样的问题：如何能调和两种不同的生活，一种是抽象的、遥远的，一种是脚踏实地的？从一种生活到另一种生活，这一过程是最变化莫测、令人不安的。当我在这两种生活中游移不定时，拥有神秘力量的想法压得我喘不过气来，必须要获取这样的神力，可这样的神力又不会轻轻松松便能获取。哦！不，读文学是不够的，文学把生活视作习以为常的东西，即便它有时会表现出对生活的惊叹，有时会想从生活中逃离，有时又会想要控制生活……

我又陷入了心碎的状态。我要去街上走一走，什么也不想。我要去问问别人，好让我知道他们懂不懂。他们一定不懂！我再也不会去寻找真相，我会说："哦！无论知不知道真相，必须要尽力活下去……"

为什么会对自己提出自相矛盾的要求？这些话写下来，没有任何意义，说的话也一样，没有任何意义。但是灵魂的呐喊不同，如何呐喊，用哪只耳朵去倾听呐喊呢？阿尔兰，阿尔兰，您笔下那些不安和焦虑，让您痛苦吗？有些不安是思想上的，我们自己给自己找的问题，而有些问题是客观存在的，甚至会对肉体有影响。与肉体相关的问题，需要用肉体来解决，不是轻描淡写的几句话、一些想法就能解释、缓解，甚至解决的。

十二月二十三日星期四

要读的书：皮埃尔·博斯特的《成长的危机》[1]。

勒内·科勒韦尔的《我的身体与我》。

《艰难的死亡》，[2]

普拉的《坏男孩》[3]，

---

① 出版于 1926 年。——原注
② 《我的身体与我》和《艰难的死亡》分别出版于 1925 年和 1926 年。——原注
③ 出版于 1925 年。——原注

巴尔贝的《麻风病人》①，

维特拉克的《死亡的知识》②。

让·普雷沃的《孤独的尝试》《祈祷的灼痛感》③。

波朗的《金芦苇专栏》④。

马尔罗的《西方的诱惑》⑤。

勒内·吉尔。

瓦特罗？

布莱克。

比才的《穿着木鞋的安》⑥。

　　我摘抄了伊莎贝尔·里维埃⑦写的几句话，很简单但很令人感动，发表在《书信集》里："希望那些不喜欢雅克·里维埃和阿兰-傅尼耶之间特殊友情的人不要读这些书信……"我真想认识这个女人。还有马拉美于一九二六年十一月发表在《新法兰西杂志》上的《希罗狄亚德的开场》。马拉美的女儿这样写她的父亲："所有人都爱他，只是因为存在着他这样的一个人。"我看了马塞尔·格罗迈尔为波德莱尔作品所作的插画，

---

① 于 1926 年出版。——原注
② 于 1927 年出版。——原注
③ 分别于 1925 年和 1926 年出版。——原注
④ 于 1925 年出版。——原注
⑤ 于 1926 年出版。——原注
⑥ 于 1926 年出版。——原注
⑦ 阿兰-傅尼耶的姐姐，她嫁给了雅克·里维埃。——原注

罗伯特·德劳内为德尔泰的作品《喂，巴黎》[1] 所作的插画……莫里亚克发表了《刀痕》[2]。读了十月二十五日的《青年杂志》(加利克)。读了纪德发表在《新法兰西杂志》上的《刚果之行》[3]。我希望纪德是在婚礼的第二天写的《地粮》，我喜欢所有他写自己忠诚的片段，他在书中为无欲所作的赞歌，而不是歌颂欲望。

读了拉缪的《乡村体面的部分》，梅瑞狄斯的《自私的人》(很长，但关于男人与女人冲突的部分写得很精彩)。弗兰克的《拱桥前的舞蹈》[4]，第二部分的开篇写得很好。

宝贝蛋今晨走了。我们昨晚聊了很久，这几天聊了很多。让娜今晚在家里吃晚餐。

我疯狂地读了一整天书，像小时候那样，小说把我带到了一个远离自我、远离世界的地方。图书馆里的闷热让我有点受不了。冰凉的空气掠过我脸颊的时候，我才会变得清醒些。我之前发现自己已经达到了一种很好的平衡。而我现在觉得这种平衡很快又消失了。不过，无论这种平衡经历了怎样的风吹雨打，还是能够完好无损地保全自己，因为这一平衡代表的不是停止和死亡，而是经过深思熟虑、百般斟酌又不乏热情的前行。实际上，

---

① 于 1926 年出版。——原注
② 直到 1929 年才由格拉塞出版社出版。——原注
③ 直到 1927 年才出现在书店里。——原注
④ 亨利·弗兰克 (Henri Franck, 1888—1912) 的《拱桥前的舞蹈》，1912 年发表在《新法兰西杂志》上。由安娜·德·诺阿耶作序。——原注

我走向的是孤独。或者说，又找回了孤独。只要今日的答案还适用于明日，而且我认为孤独本身带着能持续一生的东西。

我坚信，幸福可以意味着放弃一切，也可以意味着不放弃一切。我很幸福，我非常幸福，但这并不影响我的思想、我的内心受到折磨，也不减弱我对生活的兴趣。这是假象，给人一种可以延长青春、在不确定性中蹉跎的错觉。我进入了一种稳定的状态，它包容性强，又灵活，能囊括所有的美，甚至是痛苦的或是转瞬即逝的，它也很稳固，这样有些东西可以构建起来，不会随着时间的流逝，居无定所地一次次重新扎根。所有应该结束的一切都已经结束了。眼前的一切都必须一直存在着，必须与我的生命一样长久（若这些不在，那我的生命也将不在）。

我有两个同样稳固又必不可少的根基：自身的力量和爱情。

自身的力量：我知道，整个一生，我都能依靠我自己。而且，我不需要别人的建议或能量，我只需要一直具备这种不断恢复的巨大能力。我需要对我自己的爱、持续不断的兴趣和臻于完美的渴望。我知道我会一直忠于自己的内心，我知道，在无法摆脱的庸俗日常中，我也能完完全全地找到我自己。我满怀信心地向未来的这个我走去，未来的我永远不会背叛今日的我。

我的爱情：我是在他身上建起了整个的爱情大厦。多么美好的爱情，在独自一人的一个个深夜里，我深深地感受到这份美好。因为它存在着，只因为它存在着，因为两个人之间会产生一种巨大的力量和支撑。我们想要爱得更多一些，再多一些，可往往无法做到，对此我们无能为力，又因无力而感到痛苦。这份痛苦产生于我们的内心，又作用到我们身上，我们能看到，能感受到；仅仅因为我们存在着，而痛苦也存在着。然而若是我们付出爱，单纯因为我们存在着，我们的行为不受任何一个既定的理由支配，那么幸福便会降临。我想，他在去往诺曼底的旅途中，独自待在酒店的房间里伤怀的时候，他一定会想念我。而且他知道他被爱着。假如他对爱情存有怀疑，他的内心也会激发出一股力量，知道自己对另一个人而言是不可或缺的。这股力量无比强大。我需要他，这给了他活着的理由。我内心的柔软无法让我获得自我满足，却能带给他力量，因此，对我来说，这也是一种快乐，还有什么比知道这样一个事实更能让我感到快乐的呢，这个事实就是我带给了他幸福和支持，这与我是谁无关，而仅仅因为他对我来说是不可或缺的。（这样写，其实我不太明白，但我内心是这样认为的，我眼中的这场情感游戏，如同我看到的他的脸一般，复杂又真实。）对我来说，也是一样，当我想到他爱我，我就觉得值得好好活着……

今晚，我第一次感受到有一件比自己更强大的事物，我无法掌控，那便是他的爱（在这份爱里，几乎没有我的位置，而我要用一生去尊重它），看完《独裁者》①回来时，我痛苦不堪，害

① 于勒·罗曼（Jules Romains，1885—1972）的作品，于1926年发表。——原注

怕这样的负担。哦！我本想要摆脱的！可现在我接受了这份负担中最沉重的美好！必须要告诉自己的，首先是爱情的一切美好、伟大仅仅源于付出爱的那个人。对方应该接纳它，并且配得上这份爱，在爱面前要谦卑，也会为自己配不上这份爱而不安。而他配得上这份爱，恰是基于意识到自己必须要配得上而获得的力量。

爱情的美好，在于两个人相互间都有回应爱情的需要和能力，有害怕，也有欢乐，在情爱之戏里，两个灵魂不断地靠近，这才能让爱变得完整、清晰。爱情的美好，尤其在于它拥有一种迫切的、不可抗拒的美，它是生命中不可或缺的，与生命本身看起来不可或缺一样，爱便是如此，对此不会存有疑虑、犹豫和厌恶。此刻，这份爱并没有吞噬我，我还能自由地思考。说起来，我想到的并不是白天的事，不是那些回忆，我不想见到他。可他偏偏在这里，每分每秒都不曾离开。激情已经褪去，疑虑也不复存在。我要活着，不同于你，与你毫不相干。可有时，我看着你微笑，当你的微笑遇上了我的微笑，淡淡的，我又重拾了自己的使命。

我曾反抗过，那时我感到无比羞耻！的确，不应在爱情中寻找出路：错误地以为自己找到了！将生命局限于此！但爱也可以是没有局限的：它应该融入一切中去，它不是所有。

现在便是如此，很好，达成了一种平衡：激情的平衡，认识到自己的伟大又懂得如何掌控这种伟大。思想的平衡，在激情中保有稳固的支点，但又超越它。生活的平衡，明确或许又单调的生活，即便它的外在形式不可改变，却丝毫不让激情或思想陷入沉睡。

我喜欢想念你的感觉。我不会试图坠入你的内心，"这又与你何干？"这种不识趣会让我很难过。可我喜欢久久地、静静地想起你的样子。你可知道，这些你不在的日子里，你对我而言意味着怎样一种支持，让我远离的时候也能获得内心的平静，如同我挽着你的手前行，完全地信任你，也因此这些日子是那样的美好，在缺失中找到平静。

十二月二十七日

星期五，见了默西尔小姐。"你已经知道怎样变成，必须懂得存在，持续。"是的，让我备感忧虑的，恰是我感受到了曾经、现在与将来的巨大差异，我由此看到了生命在减速。但不是这样的，看似一目了然，其实正是困难所在，我必须要有克服困难的力量。我星期六给宝贝蛋写的信中也说，必须要获得快乐，一个宁静的星期六，我开始待在家里，后又去了拥挤的林荫大道散了会步。这种快乐与幸福不同，它愿意被幸福替代又不会强求幸福，一种知道自己付出所有的快乐……获得这样的快乐，有很艰难的路要走。两种危险：不敢开始。野蛮人的队伍便是如此。一直拖延，将手段视为目标。有些人不断地在出发，不停地重新开始，永远不知道如何摆脱不确定带来的噩梦。我认为这是软弱。青春是最美好的，要懂得享受这段时间。但生命的目的不是无限期地延长这一时期。必须学会（莫里亚克）将青春的"疼痛"如还愿物般地悬挂起来……存在，持续，都不能与沉睡画等号。这个月以来我有些担心。我把十二月份看作是一个新的阶段。我明白人可以如何生存。我努力达成的平衡，我拥有的平静，这并不意味着可以放弃一切。而是要让所有的一切都找到自己的位置，一切都变得合理，我每一天都过得更实在，即便到生命的最后一刻，我耗尽了自己的所有力气。

这便是我这几日的感受。与他上一次离开相比，也就一个月前，这次我异常平静。这很好。内心不再有那么多波澜、痛苦、不安，我能感觉到自己是那么平静，这份平静代替了所有情绪。以前，我会用不思考来摆脱痛苦。现在，我没有困倦，我知道自己很平静，我想要这样的平静，我感受到了。

昨日，我和莎莎一起去了卢森堡公园。塞尚的两幅画一直萦绕在我的心头。下午，是和班上的三位年轻女孩一起度过的。晚上去了玛格丽特伯母家。我感到似乎找回了一切：妈妈、爸爸、家，那些我曾经为了超越自己、变成自我而想要切断的联系，如今因我存在而又能重新建立的联系。回到家，舒舒服服地在躺椅里窝了一小时，挨着炉火，感叹着那些美好的过去：啊！温馨、幸福的泪水……他爱我。

今天，从圣热娜薇耶芙图书馆回来很高兴，我在那里埋头苦干，一个人，读书，一本引人入胜的书（《坏男孩》）。想到明天就能见到莎莎，高兴。自己很幸福，高兴。我觉得这幸福，带着背叛的味道，而我不知道若是我不曾想念你，你是否会为自己感到悲伤……而上个月，我曾哭泣过，想到我对你的爱能让你在朋友面前开怀，能让你尽情地阅读、看剧，这原会为我带来许多甜蜜。即便你不能马上出现在我面前，这一分钟的不介意里也全是你……

在历经苦涩之后，尝到爱情的甜蜜，对我来说是那么美好。尤其是因为我知道，你爱我也同样深切。我为你而自寻的那些烦恼，我不想在你面前提起。我的平静让你离我更近，我们似乎对着彼此微笑，长长久久地。今晨在街上，还有刚才，我怀着深深的感激！想到因你在我生命中产生的激荡！我马上要开始读的这本书，也是你的功劳；明晚去看电影，也是因为你；对我的想法作出细致、严格的批评的人，也是你。我全部的生活（甚至除爱情之外的），行为与阅读的自主性、对绘画的兴趣，皆因为你。除了生活，我的整个自我，都要归功于你：为征服自我、确认自我获得勇气，为塑造自我、珍视自我找到了理由。

你造就了我，如同你爱我。作为对你的感谢，我越发努力要提高自己，甚至超出你对我的期待，对自己愈加严苛，比你的要求更甚。我必须要成为你的助力、支撑，为你带去我因你获得的而你却没有的精神财富。我不再是一年前的那个小女孩了，不再沉迷于你的每一句话。你把我变成了一个与你相当的人，你给我评价你的权利，让我接受你，不是出于盲目、顺从的激情，而是心甘情愿并能预见未来，只有这样才能使我的爱变得有价值。若是这份爱也能为你带去些许快乐，那么我会更大声地对你喊出我的感激……

十二月二十八日

今晚要和爸爸、妈妈、莎莎一起去于尔叙利纳，开心。重又找回了对他们完整的爱，更明确的、更有意识的、更能看到未来的，也更深沉的爱，就像小时候那样，开心。把我与雅克之间的幸福与莎莎分享，开心。知道宝贝蛋在我的生命里占有多么重要的位置，我是多么地爱她，开心。发现自己具有奉献的能力，走出讨人厌的自我崇拜，尽情地绽放自我，开心。

还有：孜孜不倦地在圣热娜薇耶芙图书馆阅读阿默兰和勒塞内①的书，开心。还去看了我喜欢的画展。怀着热情活着，不受他的影响却又在他身边，开心。看到自己能确立自我，平衡自我，开心。收到贝尔克的来信，对我来说，这是真诚、真实的友谊的象征，开心。啊！与这些人交往，太美好了，之前我竟然会忽略了他们。关于这些，当然有许多话要说。明天再说，还有这个月的总结。但还有一句：藤田嗣治！

---

① 奥克塔夫·阿默兰（Octave Hamelin, 1856—1907）和勒内·勒塞内（René Le Senne, 1882—1954），法国哲学家。——原注

十二月三十日星期四

哦，不。我不会说这几个下午的空闲是美好的，包括昨天在卢森堡公园，温和的天气，孩子们在结了冰的水塘上滑冰，而对我来说，不可抹去的回忆（《爱人》……拿着他给我的书离开……）充斥着这些熟悉的小径。我已经厌倦了，不想再保存着每分每秒的记忆。可这是一件奇怪又沉重的事，在我的幸福中夹杂着伤心，每读两行便免不了流露出伤心。噢，我的朋友，我又有了这样的念头，除了一起痛苦之外，没有别的幸福。

不可思议，我以前的这些照片竟让我感动不已。这位小女孩，那么温柔，那么惹人怜爱，你喜欢她的面庞，她的微笑，还有她的灵魂，我希望你从她眼中读到的灵魂与我的是一样的。

有时我喜欢这个灵魂，那是你用你的爱和梦装扮的灵魂。对它的痛苦，我感同身受。想到我了解它胜于其他任何人，因为它就是我……可以重新经历过去美好的一天，我感到又沉重又快乐……然而有时候……

上天啊，我的智慧是无边的，众所周知的，可因为我曾想要留住它，我曾想要洞察它，我糟蹋了所有的人和物，我自己和其他人。

——科勒韦尔

十二月份的总结。

我明白的事情很少。唯有一件：一句话，"我希望还可以是她"，到了晚上，烦得要命，他为看到我眼红而悲伤，他用一记握手表明了他对我的爱，而我的双眼一直在咆哮着我对他的爱。没什么太值得记录的日子。但我得到了许多。

首先，我不再那么害怕未来。我已经作出了选择，想到未来，不会再忧心忡忡。我明白了我的生活将会是如何的。我学会了存在。一个月来，我无所事事。我的自我已经确立。它只能慢慢地改变，很正常，它不会再带给我惊吓和恐惧。我对它越来越熟悉，也越来越珍视它……既然我已经完全释放了自我，那么我只需要展示它。我要把它送给所有我爱的人和对我来说必不可少的人，因为我需要付出自己。相应地，我也获得了赋予这个自我而非其他人的爱。单纯只是因为我就是我……我不再寻求狂热的激情。我已经足够强大，不再需要。足够强大，不再惧怕和芸芸众生一样活着，变得与芸芸众生一样。我不那么需要自己，而且不再只为了自己而活，更多地为其他人付出。我明白了人的价值。如今，我觉得最为珍贵的乐趣并不来自书籍，而是来自人。我学会了享受快乐，但我不会沉迷于这份快乐。

一九二七年

一月四日星期二

　　总走同样的路，令人厌烦！盲目地走，不知道要去往何地，令人厌烦！我的灵魂被分成一块块的，分给别人，令人厌烦！

　　我从阿拉斯①回来，昨天被这出幼稚的闹剧震惊了：男孩哭着说不曾被爱，女孩哭着说让男孩流泪了。我与布洛玛小姐②闲聊了会儿，她因强大而痛苦，因高尚而孤独，她是那么的温柔似水，活力四射，但又烦忧不断。她跟我说了许多让人难过的事。与此相关的，还有许多许多要说！还能聊聊读过的书，看过的画，可跟莎莎游荡了一下午（香榭丽舍大街，凯旋门）之后回来，再反复地说这些，真是让人头疼！

　　哦！太过熟悉的街道，耗尽了的感情，感受到的情绪。哦！我的灵魂已经那么沧桑，眼看着过去的种种展现在面前！我什么都做不了，不屑去做；可我也烦透了无所事事！

我烦透了，活得这样毫无目标，每天还要构建一种理论来适应自己新的要求。全是谎言！我再也不想要求自己强大。我知道自己的力量还在，它拉着我不让我沉沦，但我已经厌倦了做一个强大的人，哦，太累了！在生活或是在其他人身上，都找不到能与我相称的东西！我付出，我一直付出，可我也想获取！快来给我！

啊！来吧。看着我，你是与我相当的人，拉着我的手，告诉我：我在这里！我再也无法忍受生活中没有快乐；我再也无法忍受生活中没有依靠。今晚，我不是需要给予你我的柔情，而是想要从你那里获得爱意。没有你的生活，我过了好几天，我的内心保持着一种独立性，我要一直这样。不再冲动，不再绝望，做一个独立的人，朝着你喊：快来！哦！你要是知道就好了，你一定会在这里！我常常想要把自己的力量传递给你，但在你面前，我太脆弱了！或许这只是我的玩笑话。可你的柔情已经侵入了我的心。在内心这片贫瘠的荒原上，你的微笑便是能帮我解渴的唯一的活水之源。而这样丧气的状态，我不会往前靠近一步。我从未像今晚这样，深深地感受到自我是完整的、有思想、有意识的，是可控的，而且需要你。那么需要你！我想借助书籍、困倦来逃避，而那些只是麻醉剂而已。我

---

① 西蒙娜·德·波伏瓦在表亲家待了一段时日。她的外婆瓦泰勒祖籍在北方。——原注
② 玛德莱娜·布洛玛是中心的行政人员，美丽城的团队就设在中心里。——原注

感到有些恶心，如同一个在蒙马特因伤心而买醉的男孩。从头来过？重拾散落的自我，粗暴地将其重塑？仔仔细细地分析带给我烦恼的源头？采取措施？又是改过自新，就像默西尔小姐可能会让我做的那样，要是我星期五去见她的话？哦！不要。我受够了。我宁可脆弱一些。脆弱的时候，我可以朝你呼喊。我一定要获得快乐。尝过快乐的甜，我越发讨厌苦的东西。一日复一日（如她昨天说的），迷失在相同的一些"恶劣的境遇"中——责任，学习，书籍，啊！烦透了……这样苛求自己……我甚至不奢望生活中有一个稳固的基础，一种信仰。我想要重新赋予生活以价值。我还是能够像以前对雅克说过的那样：我如此地热爱生活。啊！来吧。

如今，你离开已经有段时日。带给我快乐吧，既然你爱我，就带给我快乐吧。

晚些时候

我独自一人……我们都是孤独的……而我们相爱！（我从不怀疑你对我的爱，我的情感生活完全依赖对此的绝对信仰）。我不想要崇拜你，或者把我自己交到你的手上。我也不想将你作为存在的理由、目的、答案……（按照其他女孩跟我说的，也许，在这一点上，我不太女人）。我也不再怀疑爱情，曾经，因为害怕在感情上犯傻，我一直不相信爱情。我知道爱情很伟大。可我对爱情又有怎样的期待呢？我不想，也不能就此认输。我更不想他就此认输。我希望他抓住我想要付出的爱；我希望他的内心是需要我的，我能走向他，回应他的需要。啊！这首先存在在我的爱情里，这种渴望太折磨人，想要帮助他，想要调动起自身所有拯救别人的力量……然后他精神抖擞地回来。我本不会爱上一个懦夫！你曾经是最强的。现在，依照每天的伤心程度，看看到底谁是最强的。这也不错。我的爱赋予他力量，让他能精神抖擞地回来，而我也能依靠他。啊！轮到我自我放逐了，啊！在他眼里得到生机，只做个小女孩……我也要抓住！在你思想和内心的宝藏里，抓住点什么。我爱你！

学习，确定自己的爱，让我疲倦。他存在着。其余的都无足轻重。他存在着，除了你，不会有人能明白这句话：我爱你。"这又与你何干？"没错，若你同样地爱我（确切地说，"我爱你"，这与你无关，但"你曾被我爱过"，这就与你有关了，如果你也同样爱我的话）。听到别人说"体贴的感情"，我觉得倒胃口。一旦与生活的深层要求相关，幸福得出乎意料！我不认为自己是个浪漫的人，但我在感情里是清醒的、明确的：好了！爱情与社会的约定俗成没有任何关系，尽管人们总想用各种条条框框来约束它，不能说："她再也遇不到更好的了""婚姻会建立联系"——这是另一回事，很多人都需要，有时也很美好，却不是爱情。会考虑这些吗？想到婚姻？想到这段年少时的感情的意义，离我很近，让我感动，却只是我的一厢情愿？我不会。

我为什么不在你身边？这些想法，我想悄悄地告诉你，但现在已经不需要再说了，因为你就在这里，腼腆地让人心动，而这样的腼腆底下又藏着一颗那么深沉、柔和、敏感的心！你不需要为脸红而感到羞耻，你想让别人知道你很害羞，但如实地表现出害羞会让你看起来有些格格不入……为什么要试着勾勒出你的面庞，你自己都不知道如何描绘自己的特点，我又如何能说清楚我爱上了你什么！我爱的，或许就是那些我自己都不知道的东西。很简单，就是你。

　　我是不是又重新开始了自我折磨，叫嚣着：你为什么不来？不能这样……要是你这些天都不来，那我星期六就去找你。但此时此刻，我那么需要你。不是简简单单一句话，"处之泰然"，而是超越语言的一种玄妙交流。啊！你的力量！"这一代很悲伤，很悲伤……"我是幸福的，但我还是强烈地感受到这种悲伤。世界太老旧了！走过的每一寸土地都那么熟悉！筋疲力尽！至少我不会再一个人哭泣；不会想到你是一个人在哭泣！我读到的每一个关于青春年少的词汇都是充满悲伤的，我浑身颤抖，因为对你来说，也同样是折磨。我们之间的共情令人心碎。给我看你全新的活力，我会得到安慰。你是不是也会感觉到，我的存在在急切地呼唤着你的存在？这样的一个小女孩，在爱着你，雅克。你却不知道！天色已晚，她的妹妹睡了，她的母亲也睡了。小女孩坐在客厅里，一个人，很伤心。整个白天，整个一周，整个月，她都在扮演大人。许多人都知道她长大了，都依赖着她。她没有让他们失望。于是他们便继续相信，她已经是个大人了，她实现了他们对她的期待，或许比期待中的做得更好……可对她自己而言，这是一种极大的悲哀，她必须一直埋头苦干。无力感再次向她袭来。

西蒙娜，为什么要对这个孩子这样的严厉、苛刻？她逃跑了，远离这样的严苛，号称能让她抵达高处，她向你跑来，雅克，她相信你会对她更温柔。难道不是你吗，你会安慰她，你会拭干她的眼泪？难道不是你吗，你不会朝她发火，不会朝她瞪眼睛？这样一个孱弱、又被条条框框压迫的我，只能找你倾诉。爱她吧，保护她吧。今晚我一直胡言乱语。我不难过，我不知道，我什么都不知道。

哦！是你！

站在二十岁的门槛上
与自己的对话

索邦大学图书馆——一月八日——两年前还一无所知，如今已经熟悉到厌恶，或许很快又会无视。桌上放着亚里士多德的书和必须完成的学习任务。明媚的一天，爱人还在远方，三周之前，三周之后，想到他都没有冲动。身边都是二十岁的人，每个人都压抑着或保存着一些让人伤怀的秘密。明天，我的二十岁正式开始了。它见证了今年每一分每一秒的流逝，日子在指尖溜走，如同沙漏里的沙子，却能感知得到，它听到两种声音响起。

其中的一个"**我**"：并不是事情都完成了。很久以前，或许一年前，就已经结束了。会开始别的事情，一年时间，我竟老得这么快！我没有了欲望，没有了力气，没有了骄傲。以后会如何？

另一个：……（可它说不出话来）。

第一个我：看看他们，这所有人。他们都有自己的想法、痛苦、问题，他们都在找寻，或付出爱，或好好活着。而谁会关心他们，谁会关心你，我们又有什么用？啊！我很苦闷。

另一个：看看他们，这所有人。想一想，我的孩子，无论对你还是对他们都一样，生活会向你们敞开，你会比几乎所有人都富有！他们还在苦读，你已经毫不费力地明白了一切，你的聪明才智远不止这些，这是公认的。他们爱了，又遗忘，而你每一刻都是忠诚的，你比任何人都懂得深刻地去感受，并思考所感受到的。大家都那么爱你，你身上有着无穷的魅力。想想你思考的能力，爱人、承受痛苦的能力，精心养成的感受细微差别的能力；想想你内心的美好。

第一个我：我拥有的一切对我都很重要，但我已经不再骄傲。或许我是有价值的，但必须有价值这样东西存在。我只看到了一些人，一些不同的人，但我不再有能力喜欢他们，轻视他们，我甚至不知道这些话到底想要表达什么。我看到这些人，我不能昂起头。哦！可我多么的痛苦，不能成为他们中最不起眼的一员，只能永远孤零零的一个人！然而，我甚至也不再期望成为另一个人。去年，我还不知道自己的价值，或者说不知道你口中所谓的"价值"是何物，哦！太愚蠢了，竟然把一种绝对当成了某种表面的优越性，但我至少还可以崇拜和感动。和别人有同样的力量，同样的财富。陌生而又美妙的世界！迷人的岛屿！我在我的国度里环游，我又遇到了其他人。我再也不能单纯地给予爱或者同情，但我知道自己与所有人都是平等的。

对"野蛮人"，我轻视他们，也粗暴地将他们隔绝在我的世界之外。但对"英雄"，我只会向其走去，目光坚定。还有自我，我为这个会崇拜他人的自我拍手叫好！所有这一切都是生机勃勃，全然一新的，充斥着种种神秘与未知！……我知道，英雄与我一样都是普通人，并无太大不同，只是有着一些我所不具备的品质。我知道根本没有英雄。而"野蛮人"，他们未选择的态度或许是我以后会选择的态度。一方面，我已经摆脱了他们，与他们斗争不能再带给我满足。他们被打败了；另一方面，我感觉他们离我并没有那么遥远。我的认识更清晰了，仅此而已。也许想得太多，就是最愚蠢的事……我自己呢？可怜，可怜啊。我迅速做了分析，我都明白了。真可悲！……

另一个：闭嘴吧。哦！说起来，你从未陶醉于自己的力量！你也不会宣之于口。星期三晚上，星期四早上，一个小女孩拥抱了你，你的快乐和活力换来了她们对你的崇拜和喜爱，你对我怀着怎样的感激之情：你爱我，你为自己感到自豪。还记得在讷伊的那些谈话吗，还记得你兴冲冲地回来，还记得贝尔克写给你的信吗，还有你的快乐，让人感觉你和其他人不一样？年轻的女孩有一日说，她再也找不到一个人比她更优秀，知道我从未屈服，这是多么让人开怀的事！哦！阴沉寒冷的清晨，一双双手都置于你的肩头，成为你的支撑，让你爬到那样的高处！如此强烈地感受她年轻的身体和旺盛的意志，感受到被爱，被崇拜，被需要，要成为某个人！

第一个我：我记得我曾觉得自己的力量很沉重，我记得我曾觉得这些爱意一无是处。我记得在一个个疲倦的夜晚，这些身外之物都不存在，我只能窥见自己的弱点和那个赤裸裸的我。我曾厌倦了生活，拼命地呼唤幸福。

另一个：哦！在种种疲倦之后，谁会说有一种飘飘然的感觉，疲于获得胜利，疲于应对日常琐事，还要迈着轻盈的步伐，疲于欣赏自己的有用之处，尤其是那些别人不知道的长处。谁会这么说？

第一个我：谁说是疲倦？身体嫉妒渴望忘却，思想厌倦了在同样的路径里游走，内心疲于不停地呼唤。尝到的只有泪水、痛苦、挫败的滋味。

另一个：既然你强求我，那么执着，那你能、你想要否认内心深深的不安吗？你知道，这些日子，因为你，他的内心已经萌生了些什么。你会带给他快乐吗？仅仅因为你在，他的心里就会乐开了花，啊！神奇又沉重的谜团……

　　……

第一个我：这些……

自责，只能是自己，还有这声喊叫——今早在地铁里也听到。"不可能，不可能！……我可以带给他的快乐，我都为他做了。去找其他人吧，反正不是'我'。"急切地想要逃走，想要消失。啊！他会不会为我的不足而难过……

另一个：可我的爱还是会给予他力量。还有其他人的爱。但其他人都不会像我这么爱他。找到他，我能用尽我全部的力量。在十九岁那年竟然会遇上这样一段爱情。

第一个我：我不想再聊这些事了。总有一些壁垒横亘在我们之间，将我们分开，我太痛苦了，还有我肩头的重担，这些我无法给予的东西。我害怕明天……

另一个：曾经有些东西是美好的。

第一个我：曾经！唉！再也不复存在了！

另一个：啊！要是我相信这些，你相信这些，我们今天都不会活着！你很清楚，爱便是永远。

第一个我：我知道，有些别的东西会回来，但不会是爱，不会是新鲜事物，不会……啊！可能也会是美好的，但不是它！啊！这是我唯一的希望，唯一的支柱。可他总是离我那么远。我总是孤零零的一个人。而我们也总是孤独的！

此时此刻，我离开他了。

另一个：因为我知道，我重又萌生了对他的渴望。

第一个我：我们会变得更老！

多么可怕的悲剧，竟然得到了自己渴望的东西……

（没有声音。与其针锋相对，不如好好学习？第一个声音再次响起，迟疑地：）

我已经那么老了！

另一个：我已经经历了许多，你想说的是这个。这不是一回事。我回顾一下，看到今年：很充实，很丰富。展望未来，还有许多岁月，所有的日子都会很精彩，很丰富。我的一生将会怎样的波澜壮阔。

第一个我：一年前，我还是一个刚刚从书中醒来的孩子，我怎么敢想，如今的我会觉得自己那么丰富，那么强大！有那么多事情需要付出爱：思想和它朴素的光芒。我很高兴，能去读懂，把那些一开始觉得难的思想弄明白，并慢慢地熟知，并进入另一种思想；我很高兴能抓住艺术、哲学、生活之间更为复杂的关系；我很高兴能抓住每一事物的本质，并将它与其他事物建立联系。接触新的领域，更好地了解、把握那些已经涉足的领域！

我想，我比从前更相信自己的想法，我获得了许多知识，更加有信心，思想的价值已经得到了确认。一个个世界向我打开大门：书籍，他们之间的友谊，纪德，里维埃，阿尔兰，克洛岱尔，巴雷斯……绘画带给我巨大的愉悦：毕加索、德兰、塞尚、藤田嗣治。自我崇拜及其微妙的变体，分析的快感，自我陶醉。内心的充盈：自信伟大的爱，感人纯粹的友谊，对所有人的关怀。爱自己，是痛苦的、虔诚的，也是自豪的。美妙的悸动，柔情似水，沉重的美……

我不想再打开这些书，理解这些画家，理解这些人。特别是不想让自己变成与他们相当的人……

第一个我：我没想到这么快就耗尽了宝贵的生命！现在我打开的每一本书都在告诉我同样的事情。学习不能为我带来什么。我感到所有热切渴望的一切都是空洞的。那样的空洞！只有这一句话：我从各方面分析了所有事物。再也没有什么能让我相信！

我不理解雅克（我们真的能理解一个人吗？若是我们爱着的那个人，那该多内疚），他对我说："我想要相信些什么。"我可以不相信任何事物，抛开信仰，因为我曾相信生命。现在我也不再相信了。我不仅权衡了所有与生命相关的理论，还切切实实地经历了。我经历了巴雷斯、纪德、克洛岱尔、佩吉笔下的生命。我甚至不需要理论便经历了。我知道所有这一切都基于一个公设，而且它所被赋予的绝对价值只是一个谎言。我不再学习，因为我不知道学习有何用。没有什么能控制我，我也不会对任何事低头。

要是我能摒弃错误的、具有破坏性的思想，从而找到生命的价值，该多好！"生命本身足以解释生命"，即便我坚定地抱着这样的信仰，我还是无法做到。我厌倦了冲动与激情，厌倦了微妙的复杂情况，厌倦了做学问的苦修。我再也看不到巴雷斯赋予生命的那些令人动容的美好。是不是很做作？起码从我怀疑某种姿

态的美开始，这种姿态已经失去了美。只有足够年轻才能做到
"猛烈又清醒"。

另一个：你太夸张了。你还很年轻，有时间可以沉浸在自己
的厌烦情绪里。

第一个我：啊！没错。青春还留给我一个尾巴，恰好够我迎
接即将到来的逆来顺受。

另一个：我很清楚，我不会屈从！我知道，我将找回那些日
子，会为承受痛苦而感到庆幸，会爱自己，会因为愤怒或同情而
嚎啕大哭……

第一个我：一年的时间已经让我如此厌烦！再有一年会是什
么样？我几乎没有什么信仰，没有什么希求！我曾经却有那么多
信仰和希求！仅存的一点点，也会消失，我将一无所有。我将试
着白天里呼呼大睡。或者，要是我寻回了快乐，那么也会像孩子
般的，只在意眼下流逝的一分一秒。

时不时地，我像今天这样，探究自我，可热情所剩无几！很
快，我甚至会对自己都不感兴趣。

另一个：那幸福呢？

第一个我：曾几何时，我并不要求他成为我的幸福，只要能
回应我的需求就好，因为有他我才能活着……"我们不执着于幸
福。"如今……（她会继续说下去，她突然停下是因为一张脸已泪
水泛滥。）

另一个：至少会幸福的。幸福会来的，会驱散不好的想法和

厌烦的情绪。曾经那么痛苦过，我觉得自己有了承受幸福的能力。幸福再也不会令我害怕。我知道何为快乐，我常常呼唤快乐。切实、纯粹的快乐，不断地涌起，放大。我知道，这样的快乐存在着，我已经感受过。有一种平衡，让我们可以看到取得的一切大放光彩。我知道它是可以持续，可以经历，可以存在。

哦！我忘了幸福。我知道不应害怕幸福。害怕的心理本就不应该。爱情可以发展，对生活的激情也会重燃，只要我稍稍缓口气。尤其是，经历过痛苦、脆弱、流浪，人还在。这就是我。既然我学会了如何平衡生活，那就没有必要长篇大论地提醒你那些震撼你的事情，我在这个月的开头几页手记中记录过。既然这个困扰我的问题已经解决，既然我学会了让自己变得有用、照顾自己的方法，为何不带着微笑迈入我的第二十年呢？

第一个我：要是我不总在期待你平和又响亮的声音，该多好！我连动动自己的手的勇气都没有！但我知道，你所说的平衡，只有在我能带来的幸福里。我再也不害怕幸福，是的，至少在这里我看到了一条出路。但只有这一条出路。这扇门会永远敞开吗？

……

第一个我：若幸福不来敲我的门，我又怎么办？我会逃跑，又会因为逃跑而看不起自己。我再也没有力气承受痛苦……

另一个：等待……

第一个我：等待或是遗忘，我的生活是那么空洞，让它伴随着我都让我感到羞愧，又或是一种痛苦至极的缺失。（比起死亡，我更喜欢这种痛苦。我终于恢复了活力，终于又能付出爱，因为我能流泪了。)

另一个沉默了。她将满脸的泪水化成了希望和苛求。她又继续：

既然有痛苦，就会有活力，有热情。不要自寻烦恼，不想再辩解什么！啊，活着，活着，我的聪明才智，我的真心，我的肉身，通通活着！

第一个我：不，不。我不知道刚才流下的泪水是不是仅仅是一种回忆。我厌倦了，烦透了制造出这么多眼泪……从这些虚假的热情中走出来时，我感到一阵阵恶心。我必须与我的真心永别了。(其实是因为一整天都在反复思量以前的想法，让她厌烦不已。可要是她在学习，她也会觉得厌烦，因为这样做就是想把学习当成避难所。她羡慕这个年轻女孩，嘴里吃着麦芽糖，还能把糖递给身边的人。与往常一样，她用眼泪画上句号，以此整理自己的情绪。曾被她摒弃的爱又成了唯一活生生的现实。她决定独自为自己的第十九个年头写下结尾。)

长时间的沉默。

另一个：我进入了人生的第二十个年头，我想感谢所有人，特别是第一个我，造就了今天的我。我很清醒，不抱幻想，但我知道自身的力量，而且即便我无法掌控生活，至少我也要忠实于我自己。我不再寻求事物存在的理由，而会满足于事实的平衡。对他人，我会更坦然、更勇敢，对自己，我会更温柔，更有激情，我会接纳快乐，也会接纳痛苦，不贪婪也不厌弃。我受过好的教育，所以不可能过于热情，我也足够有智慧，可以鄙夷些什么。我不会再尝试永无休止地再出发，我会认认真真地在一条路上走下去，抱着坚持到底就会有所作为的信念。我告别了青春期，告别了情窦初开的阵痛，告别了令人沉醉的快乐。好奇心，爱情，生命力，都是如此早熟的我的一部分！唉！一旦拥有，我便好好保存。

还有爱情。

第一个我：还有爱情……

（她拼命抓住这句话，而自己却已经被打败，被摧毁，倒在所有不可挽回的流逝的东西、反复说的话和这新的一年带来的遗憾之间。另一个还在，岿然不动。不要忘记她在这里。这不是绝望的悲剧。这只是一种沉重的痛苦……）

亲爱的雅克：

我不会给你寄出这封信，因为我没有任何理由要把它寄给你。但今晚，我烦透了，已经懒得一个人去思考，去难过，我需要清清楚楚地记得，你存在着。之前你收到的一封信中，我向你说明了我对于生活的看法，我试着为你的痛苦找到一条出路。可痛苦哪里有出路？这是我当时还不明白的，尽管我自己已经承受了太多痛苦。今晚，我完全理解了，我终于可以与你完全心灵相通，理解你的痛苦和迟疑，所以我必须带着我的灵魂奔向你！短短三个月，你竟然经历了这么多！想当初，当你与我缔结友情的时候，我觉得自己与你是那么的切近。如今，以不同的、或许是更加抽象，但同样痛苦的方式，我经历了一样令人沮丧的事。站在十九岁的门槛上，我觉得自己与你是一样大的。你也一样，雅克，我现在经历的每分每秒，都是你曾经经历过的，想到这里，我太难过了！

更让我难过的是，当时我不在。而今天，你也不在。克洛岱尔的话再次得到了印证："无路可走……"我记得曾写信对你说：我们不执着于幸福。那是因为我还能忍受厌烦，尚未到筋疲力尽的地步。如今，我那么需要幸福，我如此地渴望你能幸福！

唉，我能给予你的一切！就是深深的同情，最深切的同情。我想让你知道，和你在一起，我多么的痛苦。而当我痛苦的时候，我又是多么思念你。啊！让我告诉你，知道自己不是孤零零的一个人，对我而言，是多么大的帮助！

有时，我也会思量你的价值。我担心你会成为怎样一个男人，我知道在我们内心深处有着不安和怯懦，所以我害怕。但当我像此时此刻这样面对你，我再也不会想要评判你。我觉得自己既没有权利也没有欲望来评判你。你就是你自己，你是我的朋友。我不知道，若没有这段友谊，我的一生会成什么样……

有些时候，我总感觉你很遥远，我不知道你对我意味着什么。又有些时候，我要是不记得我们之间发生的事，就像我呼唤死亡那样，该有多好！

再一次，和上次放假回来一样，我再也感觉不到你在思念我，而给你寄一封这样的信，真是荒谬至极。然而，我想起了我们之间某件那么重要，那么纯粹又真诚的事！啊！刚刚，我又回到了过去，那样的美好，我激动不已，有感激，有遗憾。我很羞愧——如收到你的信那般——因为在我们这段严肃的感情里，我有我的不安（不该有的）、狭隘、软弱。我又找回了这段纯粹的感情。可我还是难过，我的朋友，因为找回它**只有我一个人**。

不。我坚定地相信，我知道你在，你在这里，所有这些都会复苏。不要离开我。不要让我重又坠入冷漠伤心、疯狂冲动的深渊。待在这里，认真地，安静地，充满爱意地，坐着（在我身边，长廊前面……）

西蒙娜·德·波伏瓦

一月九日星期日

说起来只过去了两周时间，我还是想方设法地要建立一种原则上的平衡，想要获得丰富的经历！我只希望，生活能充实自己，我可以好好活着。手记开头，我引用的那句莱奥帕尔迪的话写得多好啊！这正是我追寻的，表达了我这么长时间内以来的感受，与我去年读到的一些句子一样让人激动：你活着，变得丰富，等等。

我原以为沉寂的这段爱情又复燃了，一天天——团队，爵士——它扰乱着我的心，让我痛苦。

突然，看到这个年轻女孩在这条"轨道"上受尽男人的羞辱，该多恨那个男人，他是强者，掌控一切，他也知道自己的威力所在：只因为爱，多少辛酸涌上心头。这些活泼、果敢的年轻人，是我的敌人，我的对手。我必须拼命地告诉自己，你是我的朋友……

我们之间纯粹的友谊，似乎离我这么遥远。我无法让你留在灵魂之域中。哦，我们何时才能独处，只有我和你？何时？我要想想我要感谢他们什么，即便如今他们不会再对我有任何影响：佩吉、克洛岱尔、巴雷斯、里维埃、纪德……晚些时候再说。我想再读一读以前的手记，感叹一下……

一月十五日星期六

休息日。

我要被这样的想法吞噬了，毁灭了，烦透了！行动吧，行动有着不可估量的力量！我还是和去年一样，依赖着书籍。我知道，一旦陷入思想，一切都会变得虚无，都会变得毫无意义，可既然纯粹的现实是不存在的，为什么要拒绝飘飘然呢？我感受到了思想上平和、深层次的快乐：星期四，埋头苦读了一下午之后，我又站在了圣热娜薇耶芙图书馆的大门口，似乎过去的一年什么都没有发生，而今天也是如此。人类的思想多么丰富，多么多样，多么广博！如何能全部读完？如何能从容地回味欣赏？如何能全部认识与理解？布兰斯维克，斯宾诺莎，叔本华。

斯宾诺莎，康德，笛卡儿，康德，康德……巴吕兹[①]的课上，我激动得浑身颤抖，为能接触到这些伟大的智者，他们竟然离我这么近，或在索邦大学的长椅上，或在那些著作中！

我规划未来的学业，如同我不知道自己怎样都不会接受这样的未来一般。我在哲学的世界里遨游，被各种考试缠身：这很好。

同时，当代的思想也让我着迷（我指的是这种教条的思想形式，总之也属于行动，但思想没有作出反思）。我什么都想读：柏格森，尼采，邦达，阿兰……

团队的工作还是一如既往。我厌倦了跟她们讲文学，讲思想，厌倦了千方百计地培养她们。她们真的需要提升自我吗，假如她们真的能够做到？啊！星期三与她们聊了一圈，她们在我面前毫不掩饰内心的难过，这么看来，我给她们读的那些优美的词句多么让人倒胃口。还不如我带给她们些许幸福呢！

---

① 让·巴吕兹（Jean Baruzi, 1881—1953），索邦大学教授，1933 年成为法兰西公学院成员，他是研究莱布尼茨和圣十字若望的专家。——原注

我不再思考，不再追寻。还是想想怎么能做点好事，创造一些快乐。昨天下午，小西蒙娜·科卡尔拉着我冒雨在香榭丽舍大街上跑，开心极了。星期天，我要去看望伯纳黛特。我和她一起做做运动，散散步，聊聊天。我很满足，她们都能与我交心，都那么深深地爱着我。星期三，我想要跟她们谈谈痛苦。可我又能说些什么呢？我又有什么立场让她们一定接受我所说的呢？我可以凭借缜密的思维，把这些内容变成让人喜欢听的东西，一次次地，都这样！可因痛苦带来的抽象思维上的进步，丝丝入扣的折磨，难道不是一场让她们深陷其中的骗局？对我来说，这不重要，因为这适合我，可对她们来说，她们不适合！昨日去往索邦的路上，我强烈地感受到了这一点。痛苦的理由是什么？一个人强大的时候，痛苦便会敞开大门，迎接更强大的幸福的到来。可无知、脆弱的时候该怎么办？

有时，我感觉自己可以驾驭更动荡不安、更伤风败俗的生活；有时，又想在艰苦、严苛的路上修行。只有生命中的大事才能造就我未来生活的面貌，当然我自己也起到很大作用。

有时，我也会觉得自己完全弄错了，不该想着改造自己。让时间慢慢地、无情地完成它的作品，或者我可以灰心丧气地退到一边，又或者可以给它一些助力。

糟糕的想法！破坏性的想法！

然而，即便一切都毫无瑕疵，摒弃这种糟糕的想法，在索邦、在美丽城，我都清楚地知道我所经历的这段时间（满心欢喜

地找到了一位老朋友，休息，经历一些充满活力的事情）是低级
的——从另一个角度说，也是完美的。有时，我多么感激你，是
你让我有了如此丰富的人生。可常常，当我想到必须要放弃这份
宁静的时候，我又会害怕。爱情来到我的眼前，却充满了危险。
我还是推开它，但我觉得它离我很近，而且一切都回到了原点！
我开始能做到遗忘！

　　你看，你不知道，这份爱于我是多么的沉重，压得我喘不过
气来！若这只是让我想起你对我说过几句宽慰的话，或是提醒我
未来的希望，该多好！可我想要的是，每分每秒追随你，不单与
你说说话，我要走进你的心里：若我做不到，我会害怕，我会不
安，我会心惊胆战；若我做到了，过于强烈的同情、共情又会压
垮我。我自己的人生已经过够了，为什么还一定要过你的人生？一
定要去想你明天会想些什么，我能对你说些什么……谁知道呢？

　　我就像他的祖母。所以无法让他清净。总是希望他这样，希
望他那样；"他得是这样！他得这样想！"我会这么说。可不应该
这样说。应该说的是：我会永远爱你。

一月十九日星期三

　　我不会聊书（《孩童》①《祈祷的灼痛感》②，里面那么多美

---

① 法国作家瓦莱里·拉尔博的作品，于 1918 年出版。
② 法国作家让·普雷沃的作品，于 1926 年出版。

妙的语句……），聊画展（乔治·德·基里科，超现实主义风格……），聊这些天思想上获得的快乐。也不会聊自己的思考，关于世界的见地，尽管我沉醉其中，为自己变得广博、深邃、平静而兴奋。我想说的是爱情……（尽管我的生活中还有许多很重要的事，我这里要说的只是爱情，我只想排遣深夜的孤独，而不是展现我白天里的面貌）。

星期天，我去了卢森堡公园，在那里过得很开心：坐在长椅上，和煦的阳光拂过我的面庞，男男女女在我的面前经过，我视若无睹；水池里波光粼粼，孩子们的船在里面航行。这一切，犹如一个个小点在我眼前跳跃，而无法触动我的心、我的思想。对他的思念不是一种存在。我没有意识到自己的存在。我还是很平静，很享受，真切地活着，内心没有波澜。

这两日，我离你很远，你对我而言也不是必不可少的。昨天，走在楼梯上，突然想到他的脸，我差点晕倒，但最终我站住了。铃声响起，让我很不安——又会是长时间的死寂：是他！或许从未那么希望是他。与他握手，他问我要照片[1]，他与我说话时的语调抑扬顿挫，在这种种之中，我读到了他带给我的一切。我完全理解了，我不顾一切地抓住了他向我展示的以及他所擅长的一切。他不知道我都抓住了。我的表兄，别激动，什么都没有失去。你独自在孚日山上度过的一个个夜晚，怀着爱意思念

---

[1] 她十九岁时拍摄的照片。——原注

我，你刚到巴黎便迫不及待地驱车到我家，来见我，无论何时，什么都没有失去。什么都没有失去。我也一样，常常呼唤你，非常想念你……在索邦给你写信的时候，我就知道，没错，我知道这封未曾寄出的信，你收得到。（我有这样的感觉，这份强烈到让我恐惧的爱情，要是我不能原封不动地对你付出，该如何是好？我经历了怎样的一个上午！在杜伊勒里花园，柔软的阳光驱散了树荫的黑暗与寒冷，我一个人，自由自在地，甚至开心地喝了点小酒：我喝了，尝了，可没有品味出一丝苦涩的味道。我想要喝个精光，我看不到底：活水是永不会枯竭的……我经历过那些瞬间，似乎囊括了人世间所有的幸福。仅仅这些瞬间，便足以为我的一生正名。我知道我还会经历别的瞬间。）今晚，我看到你干瘪的钱包里躺着我给你的信，与它在一起的是清冷露台上那盏孤零零的酒杯；今晚，我还是不能确信你的爱是否足够坚定，足够强烈，哪天都比今晚强，往日我知道自己之于你的意义。你的沉默带给我什么，你将永远无法再否认它。而且以后你也不会否认它，因为我在你身边，我的朋友。

我曾明白，曾揣测，曾希望：昨天，我看到了。你不单单喜欢我，你爱我。犹如我把你当作生活的中心，你也把我视为生活的中心：你的梦想和行为所一致遵守的原则、尺度，都是我。（有那么一瞬，我为自己必须成为一种限制而伤怀。但当我知道一个定点是必不可少的时候，我接受了，我觉得这是好事，我很幸福。）你的爱并不是对我的爱的曲意迎合，它是不同的，有着自身的力量和存在的理由。你之所以喜欢这张照片，是因为这一眼神、这个哭过之后充满着柔情和希冀的微笑是属于你的：我想你，雅克。照片上的我是一个思念着你的我。你知道，我多么地思念你!

以前我也说过："他是不是爱我，对我并不重要。我想让他了解我。"如今，我知道只有爱才能实现完完全全的了解，而一旦了解了，所有的认知都失去了用处。我想告诉你的关于我的或关于你的事，都消失了，一切都汇成了两句话：你爱我，我爱你。我坚信第一句是真的，我会轻轻地对你说第二句，因为只有这样才能平复我心头的担忧与恐惧，才能让痛苦消散。

（下午，看着一个胖乎乎的小男孩往乞丐手里塞了一个钱币的时候，我幻想着，以后我们幸福地生活在一起，我要让我们的孩子们像你一样。我们会一起度过无数个宁静的夜晚，过去的忧虑将被改变，慢慢地都是回忆和我们年少时的热情，那样充实又大胆的青春，过去多长时间都不会将它耗尽。我们相爱八年，我们之间已经有太多太多的回忆，一起在书桌前读拉丁语，在阳台上聊天，你谈起《维勒基耶》和《奥林匹欧的忧愁》……你魅力无限，你的世界与我的完全不同。但两个人都不会怀疑爱情的意义……谁会说我不是一个知识分子，而是陷入爱情的女人？即便假期里，我那样地为爱伤怀，我也不会认为是爱情有着一股不可知的威力，难道它会像小偷一样潜入人的心里，夺走一切吗？

当我因为疲惫而将爱情放下，其他一些东西会萌生。而一旦爱情被唤醒，其他的一切都烟消云散，我两手空空。）

我想起了以前读到过的与爱有关的叙述，我不敢奢求拥有同样的爱情。我知道这比我曾经见过的所有爱情都要强烈。啊！那些从未用一颗惴惴不安的心揣摩"也许"的女孩，那些只有明确知道自己被爱之后才会付出爱的女孩，她们能体会到全然的快乐吗？

白天里，我无法投入梦想，也无法投入学习。与你无关的事，有何重要的？

　　　让我们欢呼雀跃，哦，我的孩子，在我们内心深处拥有一种纯粹的友谊，感觉是永恒的。

　　　我的孩子，你知道我还有什么没说吗……

　　　它靠近心脏，这比死亡更严重[①]。

（我重读了第十六、十七、十八页[②]，我的感受更深了。）
既然他已经来了，我又可以呼唤他，内心无比甜蜜……

一月二十七日星期四

我可怜的小东西，我已经忽略了你两个星期了……可能更

---

① 莫里亚克《告别青春》的节选（见 1926 年 12 月 11 日星期六的手记）。——原注
② 见 1926 年 12 月 23 日星期四的手记。——原注

久。错不在我，有一个人用他那温柔的目光俘获了我的心。当他离开的时候，我会回到你身边，我知道至少你是不会离开我的。唉！我一点也不喜欢被迫回到你身边，我还是更偏爱他！

我知道我曾答应过你，会永远对你忠诚，也曾责备那些不懂得保护自己，把自己当作礼物送出去的女孩。可我就想给他一种绝对的信任，把我的生命和我自己都交到他的手中，不给自己留任何退路。也许我就是让·普雷沃笔下那些弱者中的一员，为了自欺欺人，"义无反顾地承认自己的失败"。我义无反顾地放弃自我。

我很爱你，这个忠诚的自我。可你知道，我已经厌倦了总是依赖你，全身心地扑在你身上！而且我那么清楚你的弱点和局限……我多么需要摆脱你那些几年如一日的关心。我的一切依赖他，我的一切以他为基础，从此我只会通过他而活着……

我知道他有权对我说什么（我有些难过，似乎他真的对我说过，可现在，无论是痛苦还是快乐都离我这么遥远，那么轻飘飘）。"这不是我们一开始说好的，这与我有关吗，你待在家里。你是你，我是我。你难道没有自己掌控自己的能力吗？你在我面前曾经那么信誓旦旦……我对你没有任何要求，而且，你为我付出的是那么少！在我脆弱的时候，你付出了，可我脆弱的时候不代表你也要同样脆弱。"我也知道，这些话，他不会说。但他有权利说这样的狠话，我也理应要承受这些狠话，这会让我回到你身边，你永远没有权利对我发狠，因为你就是我。这些勉强勾勒出来的行为是多么不可思议啊，它们使最不可能的决定变得可以理解。我继续讲这个星期的故事：

星期四，我一下午待在索邦的图书馆里指望着一场一个多月来一直渴望的长谈，指望着把我孤独已久的内心里无声的呼唤带给你，充满太多期盼，我就这样度过了一个沉重的下午。克洛岱尔的《金头》①让我读了激动不已：

> 这就是我，
>
> 愚蠢，无知，
>
> 面对未知的事物全新的一个人。

尤其是赛贝斯死得其所。

因为焦虑、烦躁，脑袋在灼烧，身体在颤抖。脚步时快时慢。然后看到了将要发生的：你在等我，我走来。铃声响了，我的整个下午都被毁了。多么惨烈的毁灭！哦！街道冷清、昏暗，我感到厌倦，看不到任何希望。在圣雅克教堂里，我试着睡一会儿。无需再痛苦了，我知道这种痛苦马上要离我而去。我不愿再因为他而受折磨，我很确定，我害怕这份索求无度的爱会不断地对我提出新的要求。我已经想到了那些伤心至极的夜晚，而爱情的美好也让我长久地、由衷地活着。七点四十五分，他来接我，

① 于1890年出版。——原注

找了个借口，这是一种无法言表的遗憾。

"我们好久没见了。""是的，已经开始有点……你看，我正在读《被遗忘的人》①。"我两眼通红，忍不住流泪，而我看到他也感受到了分离之苦，令我感动。（为什么这感人的一刻已经成为过去？）而后晚饭时，当我们聊起女孩间的友情时，他的眼神，之后又简单闲聊了几句。他和我们一起回去，他在小说里写下了这句话："我认为这是一笔债。"②

让他在我身边实现他生命的统一！看到他这样，平静，不再分心，他在写小说——一边想着我，他要去找莫里亚克，参加作家聚会，那里一定有他的一席之地！星期五我告诉自己这些事，一种极大的快乐油然而生！

星期天，我把这一切都告诉了莎莎，她是我亲近的人，与她一起散步了很久，我原本就想借这个机会说的。这是跟莎莎的友情！星期二上午，我们又在卢森堡公园里散步，许久，我们的心贴得那么近。我们在一起，没有一分一秒的怀疑，或害怕，总是那么安心！我为那些借出的、受指责的书表示歉意。但我知道她明白我，而别人会说什么，一点都不重要。

星期一，日耳曼娜姨妈③这么热心，让我明白了她对我的感情，而她的出现不会再改变什么。和她一起在拉斯帕耶大道上散

---

① 加拿大作家洛尔·科南（Laure Conan, 1845—1924）的作品。——原注
② 雅克开始写一部小说，名为《年轻的资产者》，想要献给她。——原注
③ 雅克的母亲。——原注

步，很惬意，很惬意，未来已经掌握在我手中，还有平静、可靠、安宁的幸福……

应该为这些人的存在而活着，星期五，当夏尔-亨利·巴比尔与我在雪中闲聊的时候，对我说，我们聊得很开心。我认为他说的是对的。我想，去年我那样活着，这一真实并没有远离我们，而是包围着我们，我们必须意识到这一真实才能获得救赎。等待。等待它的出现，迎接它。不会为召唤这一真实而筋疲力尽。等待，像野兽一样等待真实重现。特别是不思考！唉！我对真实没有一丝欲望。我不太相信这种神秘主义，但我希望可以尝试这样活着。

当这个人在场，他的爱在场的时候，所有的问题都会迎刃而解。这是为何这些日子，我一直乖乖地等待这样的人、这样的爱出现，其间稍微睡一会儿……我一直昏昏欲睡，想要找到遗忘，我刻苦地学习，为此感到异常兴奋……可我心想，人总不能一直在等待，我也不能像这样，十天里活一天，剩下的九天都靠着这一天。

我多么希望结束这样的摇摆，总是把我从纯粹的、彻底的快乐天堂拉入厌倦的深渊。我多么希望斩断这段关系，忘记它，开始全新的生活。

我感觉这一切都过去了。此时此刻，我还爱他吗？比这一切更揪心的是，我想到他可能会提出同样的问题。我说我们之间有一种联系。我这样说，是因为我为明天写了承诺书：我认为明天我会感受到这种联系。但今天，我还没有感受到从我到他之间的联系。我想从他到我之间的联系也是不存在的。我害怕以后会变成什么样……没有勇气面对悠长的岁月，也许未来有一天我不会再感到害怕……我很愤怒，因为我觉得别人都认为我们之间是有承诺的，而我们是完全自由的。我更生气的是，别人其实是对的……

星期一从讷伊回来，昨天去了索邦大学，我多么的痛苦，无论是接受幸福还是拒绝幸福。活着就是受折磨！一切都消耗得太快了！这个再现的春天耗尽了，我的学业耗尽了。我的心，它是不是也老去了？但必须要在这个被消耗的世界里活着！

我写了这些话，但我并不痛苦。有时，我的心如此敏感，最不经意的触碰都会带来剧烈的疼痛：妈妈很擅长触碰到我的内心。有时，我也会拒绝痛苦；我抱紧自己，不让痛苦有可乘之机。我武装自己，抵御一切可能发生的。无论什么都不能打击到我。

热情不再。书也没什么意思。生活对我也不重要。所有的一切都太沉重了。我之所以没有漠视一切，是因为还有激情和不安。就在刚才，我还想去看他。我准备好受折磨，我不愿去想，因为也许我并不会痛苦。但我需要确信，自己一直会在。

做这样的事，真是愚蠢！我该对他说什么？我甚至不期待见到他。可若我不决定这么做，我会为他不在我身边而难过。雅克，求求你，给我幸福吧。没有幸福，我活不下去！我甚至无法想象要是失望了该怎么办，死气沉沉的夜晚，痛苦变得绵长，这甚至都算不上是一种绝望。我也同样无法想象获得满足该怎么办。无法回忆，无法期待。等五个小时吧！

二月二日星期三

她去了，对方对她很友好，关怀备至，她找到了幸福。他们之间有太多的话要说，可一见面又不知从何说起，东拉西扯了一堆，不过句句都饱含着温情。她累了，也毫不顾忌地表现自己的疲倦——说话慢悠悠，不冷不热的，时不时地陷入沉默。他说："只需要按着自己的路走……要过好每一天。"他径直走着，目光中透着稳重和幸福，于是她的内心一下子被抚平了。他还说（他坐在书桌前的扶手椅里，而她坐在沙发上）："必须要有很深的谦卑，承认自己无法一个人活着。比起为自己而活，为另一个人活来得更容易。只要两个人自我感觉好就可以了。"幸福是那样真真切切存在着。

接着，他们又聊起了：规章制度，他的姐姐……她明白了，他就是这样一个人，是自己从不敢奢求的这样一个人。她明白了，她爱他的全部，再也无需作出任何牺牲。她走进了他的心里……她还明白了，他们俩之间有着不可估量的东西：一种如此安稳的友情。他们之间没有说什么，但他们之间已经不需要再说些什么。相互交流……互相知晓……这是多么美妙的事。

她离开了，心里只有一种平静的放松。啊！为什么内心会溢满了伤感？为什么会害怕？她觉得很羞愧；不过一切都结束了。我将会完全放任自己吗，她心想。啊！他比我好，比我自信，比我谦逊，比我直接，不像我这么纠结！夜晚，她对着自己微笑。亲爱的，她说，再也不要哭了，我们还是……可以信赖他。

　　星期五上午，和朋友们一起去看了鲍迈斯特①的画展，很开心：非常沉稳的好画作。过好每一天……

　　星期六，安安静静地期待见到他，他参加了一个晚会（雷蒙·邓肯②）。

　　星期日，厌烦了资产阶级的粗俗。星期一，很平淡（很高兴读到了《未定的海上旅行》③）。星期二，浑浑噩噩的，恐惧又出现了：我将会完全放任自己吗？晚上与他一起度过，这是期待中的，我很快乐。他走了以后，我完全崩溃了：抑制不住的泪水，洒在客厅里，洒在床上。啊！从来我不懂得给予幸福，从来我也不懂得接受幸福。我拥有了可以令自己幸福的一切，我想要去死！还活着……生命一直监视着我……它会侵入我们之中：我害怕……我现在是孤零零一个人，将来还是孤零零一个人。再一次清醒，这样的经历太熟悉了：啊！明天又会是枯燥无味的一天！一天，每一天都如此……画，小说，都可以用来暂且抛开痛

---

① 维利·鲍迈斯特（Willi Baumeister，1889—1955），德国画家。——原注
② 雷蒙·邓肯（Raymond Duncan，1874—1966），舞蹈家伊莎多拉·邓肯的哥哥。——原注
③ 雅克·施皮茨的作品，于1926年出版。——原注

苦。可痛苦还一直都在!

天哪!我接受了经历巨大失望之后的崩塌!我接受了生命的渺小,接受了什么都不干,因为已经无需干什么了!我接受了好好过每一天,就像小时候那样。我接受不再为自己设定理想,不再抱着推动自己前进的梦想,只是单纯地填满一生中的每一个时刻。如今,我已经没什么可放弃的了。不再有幻想,不再有希望……甚至连活着的欲望,成为自己的愿望也没有了。我抛开了自我,抛开了生活,抛开了追求完美的心,抛开了我的思想,抛开了一切……然后,只剩下空虚。这种空虚会一直存在吗?他痛苦,我也痛苦。我想有一天终会到来……可确定吗?可能吗?

若是我能逃走——逃去哪里?一种巨大的灾难裹挟着我们……昨日就是如此,今日是空虚……

她破天荒地在上希腊语课的时候回了家,彻底抛开了日常的规律,当初在她眼里学业本身就是目的,她又能从中获得乐趣。如今她发自内心地鄙视学习,想要彻底地放弃。

她回到家,觉得很陌生。整整两个小时,她觉得无比孤单又无比宁静,生活可憎的一面似乎不见了,慢慢地,她的心里开始洋溢着喜悦。坏女孩!坏女孩!可恶讨厌的孩子,那么不自信,还不知道别人比你好多少!啊!我为你的严谨、严肃、深度和远见卓识而骄傲,你怎么能写出像上周四写的那么优美的句子!啊!我难以相信曾经的一切,我多么伤心!当我眼前不再有幸福和爱的时候，它们也就不存在了。坏女孩！

　　你很清楚，他比你优秀。这么长时间以来，你为什么一直抗拒？至少，今天，我知道自己的心给了谁，而且他值得我这么爱他！你很清楚，他对你会比你自己更忠诚，他会好好地爱你。你傻乎乎地说："我们总是孤单的……"这些，只是因为他也许还不明白哪些事情对你很重要。那你呢？难道他看重的事情，你都知道？这会阻止你爱他吗？把一点点想法、一丝丝情绪看得过重，是一种病态：他永远也不会知道。可这些想法或者情绪，都是愚蠢的，根本不像你。若是没有这些变幻不定的小龃龉，他一定会更了解你的内心。把他时不时地看作"其他人"，是多么丑陋的一件事。他在身边的时候，我可以清晰地感觉到，根本没有"我"或者"他"，只有"我们"。

　　我的朋友！我看着你，带着怀疑和恐惧。我告诉自己："让我们抛却傲慢吧"或者"让我们接受指责和痛苦吧"。你不会明白这些话的意义。不可能会有傲慢，也不可能会有谦卑。我，就是你。啊！我感觉得到！我知道！我知道我过分的热情有时会冒犯我们之间伟大又单纯的爱。要是我觉得你离我很远，不可企及，要是我觉得我的柔情永远无法传递给你，我一定是错了。你比我更好啊！你比我更好啊！你的一个微笑便能理顺所有的事！竟如此简单！如此简单：我们相爱，我们都知道，我们之间无需言语。我把自己完全交给你，我任由自己陷入爱河，我不再对自己负责，你来负责。而我对你负责，因为你是那样信任我。哦！

我爱你！我爱你！爱你的单纯，你的真诚，你的温柔！爱你的直率，爱你毫不保留地付出感情！只要我们两个自我感觉好！

亲爱的雅克昨日对我微笑了。"你愿意把我当作你的朋友吗？"

爱一个人，对我来说不再是一件痛苦的事。

二月十日周四

完全沉浸在保尔·瓦莱里的作品中。

最美的一段可能是《棕榈叶》①：

> 平静，平静，保持平静，
>
> 知晓一片棕榈叶的重量
>
> 承载它的茂密……

今晨见了布洛玛小姐。第二次与她见面，没有让我失望。我从未遇到过能与之比肩的女人。我也认为没有任何一位年轻男子比她"优越"，她如此完美，其他男子的优越性在她面前都黯然失色。对团队的看法，她与我不谋而合：或许她们并不需要我，没有必要为了自我满足而硬生生地让她们觉得需要，又或者她们

---

① 出自《魅力》，于 1922 年出版。——原注

是需要我的；而我也会痛苦，因为我对她们来说是那么重要，而她们对我而言无足轻重。就像玛丽亚·特蕾西亚书信中所说：这个崇拜我的小姑娘对我来说什么都不是。我觉得听着有些不舒服，像假话。我希望我们之间能建立一份伟大的友情。不是情感上的，对她来说，我的感情不值得让她感动，而是一种完全的智性交流，如同我和默西尔小姐一起那样，即便之前我们并不是如此。我们推翻了一切：团队，精神生活，甚至还有爱情。我很高兴，我们之间能如此坦诚。我很高兴，我们两人如此相似。我喜欢这样的人，他们懂得好好地安排生活，这样生活就成了某种完整的、确定的事物，而在这一表象之下，又与行为全然割裂，保有思想上的完全自由。行动和判断，"不要相信一个人做的，要满怀激情地去做一件事"，要做事，必须要做点什么，但也要知道这样做是无用的。

　　这与我跟母亲交谈时的情景形成了鲜明的对比，母亲什么都不明白。有那么多庞大的家庭，可要大家理解对方、交心，那是难上加难！与雅克、布洛玛小姐、莎莎交流的想法，其实都是平淡无奇、显而易见的，可在母亲眼里，却是那样惊世骇俗、厚颜无耻、不合常理。"完全沉浸在一本著作中"，可没什么比放弃更轻而易举的事了，只要我们能找到一个理由。难的是，找到这个理由。诚然，这会让人变得愚蠢：我们只看到事物的一面，就认为一切都是合理的。可对于智者而言，一切都是那样复杂！

　　"某种完整的、确定的事物"，我们是这么说的。而她信誓旦旦告诉我，这是无法找到的。的确，我们非常清楚地认识到所有这些会让人惊叹不已的事物的无用性，认识到这一点是艰难的，但不感觉苦涩。学习。行动。还有麻醉剂。我们可以沉浸于此，但条件是这些在生活中都不重要。这些不会给我们带来什么，这些也不应该带来什么。从去年开始，我的变化真大啊！我做的所有这些事都不再为我而存在……这样的意识，在她心里和在我心里一样，都不会让人觉得绝望或苦涩。

我们在覆着白霜的肖蒙山丘公园度过了美妙的时光，我只知道这一切都不会阻碍我获得巨大的幸福。

放弃自我，这便是出路。必须有一种迫切的需求，只为了服从它而活。我起初以为要依靠自己，让自己的每一天过得更精彩。但对自我的爱，让我厌倦和失望，我无法再为自我做点什么。于是我要为另一个人活着。这一周以来，我终于体会到了里维埃在《爱人》的结尾写到的摆脱自我，很美妙。被爱，才证明我活着，要是我足够爱那个爱我的人，他才能成为我的目的。只有两个人互相需要，才能找到答案。我并不希冀幸福，我也不想给他幸福。我想，爱情是一件多么贫瘠的东西，而看到他伤心的时候，我从不会说"那么你不知道我爱着你"。当然，我想要带给他的也不是这些。但是，我们可以一起忍受痛苦。尤其是我们只会想着对方，而再也不会看重自己。

放弃自我。有几个夜晚，我沉浸在伟大的自我放弃中，感受到令人心碎的美好，甚至有些飘飘然。

二月十三日星期日

昨晚没有见到他，很伤心。不过星期二就在眼前，星期三在一起度过的美好时光，足以让我活下去。前所未有的安全感，一个月以前，我不会想到这是真的。我在书房等他，看着他认真地忙着工作，很有意思。日耳曼娜姨妈跟我们一起喝了一杯茶之后，便离开了，留下我们两个人。我们之间的羞涩……"为什么我们要思考，要说话？……"朋友间的通信，燃起了我对他的爱意，那个曾经的小男孩。哦！言语苍白，但感情真挚。还有他跟我道别的方式（我没有对你说的，你都知道，不是吗？你知道，就是你，而不是其他人，还有我心中的感激……）这一切都藏在了他送我到门口时看着我的最后一眼里。

为什么我们会聊起一些其实是显而易见的事？可要是这些就是唯一重要的事，我们还能说些其他什么呢？我们度过的每时每刻都是珍贵而脆弱的，承载着那么深的爱意，每一丝微笑都掩盖了令人动容的沉重，一个微小的动作都激起彼此内心汹涌的波澜。我们同样无法假装，也无法显露自己的心。不过只要我们知道彼此是心灵相通的，便没有什么让人不安或怀疑。

春日刚刚降临的晴朗日子里，我的整个灵魂都放松了。我刚和莎莎散步回来，莎莎还是那么亲切，那么美好。泛蓝的树荫，暖暖的阳光，带给我们无限的平静。我的嘴里还有每夜安静而又疲倦的味道。我们的精神停留在不朽的画作上，这些作品散发着怎样的祥和之气，它们没有经历岁月的摧残，只是在那里，不需要回答为什么或怎么样的问题。"用美来治愈"——或许就是这样。落日余晖下的巴黎圣母院，一栋栋房屋的金色墙壁，纯朴的塞纳河、河上的桥，这些同样让我的心得到了放松，并接受了一切。

不想强加给生活什么，不想去窥探生活的奥秘。

想到他温柔地对我说话，我同样闻到了阳光下街道温热的味道……

（特别是无关态度，无关文学，无关哲学！）

二月十八日星期五

我很痛苦。星期二在他家晚餐的时候，他对我说了一些很重的话，我又一次被无边的温情压得喘不过气来。"我习惯了让人尴尬……只是对为数很少的人""有些人是无可取代的"……还有他的眼神。但是，他提到了自杀和不幸，那天晚上，我激动得彻夜难眠，第二天游走在街上，太阳穴生疼，准备了一些昂扬的话，一会见到他的时候说，我要去见他，是他要我去的。

这些话，他一句也不需要。为什么突然间的（相对的）冷漠抹杀了这么长时间以来的信任、平静和柔情？我想用一些厚重的哲学书（就是亚里士多德！）来结束这样的不安，可不安一直跟着我，然而，无论下过怎样的决心，我都不得不退缩了，这种病态的怀疑和恐惧卷土重来。我知道，曾经发生的一切，是任何东西都不能抹杀的，我害怕的并不是这个。我害怕的是他，我害怕的是我自己。我太清楚自己的弱点，我无可救药的愚蠢，让我会不断地夸大一句玩笑话，会为早已随风而逝的几句话而自我折磨。因为我无法理解他为什么这么钟爱讽刺，某种不确定让我不知所措，我想象着一切他能做的令我痛苦的事，只要他心肠硬一些。哦！这种病态，虚构一些痛苦的经历，不是真实的，可也有可能成真！我害怕我自己，害怕他不需要我，害怕我会厌倦他，就像我厌倦我自己一样。只有当我对他的爱如此肯定，以至于我看不到不爱他的可能性时，我才觉得自己配得上他的爱。

我对他意味着什么？我对他有什么用？在阿尔及利亚的十八个月[①]，他完全可以不需要我而活啊！可我还在回忆着：这些回忆欺骗了我吗？

我再也找不到自己。我再也不知道我是谁，也不知道我有什么价值。我该抓住什么？再也不是让我烦恼的“如何活着？”的问题，而是“我是谁？”。平衡，自律，离这些字眼稍稍远一些比较好，当然前提是要有信心回到那样的状态。我曾如此自豪，可以同时做到热烈又清醒！脆弱又强大！可现在，我左右为难，摇摆不定，甚至不需要明确地感到痛苦，我讨厌这样的自己。可

---

① 服兵役的时间。——原注

我极其痛苦，因为他也无法避免跟我一样讨厌这样的我。那个平和、深情的女孩，你在哪里？我前进，我后退。我完全相信自己，也完全放弃自我。然后，不，我试着重新开始，可我再也做不到，而且我不允许自己这么做，这像是一种背叛，可我又后悔放弃。

谁有错？一定是我，与他相关的一切都不足以成为我忧虑的理由。生活不顾我的意愿，又重新呈现出可憎的面目。暗淡的面目，没有表情，死气沉沉。万物，众生，一个挨着一个，但一切都毫无意义。对行动的兴趣，对分析的兴趣，对自己抽象思想的提升的兴趣，对自身的兴趣，统统都湮灭了。空洞，虚无。

所幸的是，我知道我的爱情又重燃了，充满活力又强烈，无所畏惧。不过目前来说，我还是如此清晰地感觉到所有爱情的虚妄和烦人！这种痛苦甚至无法引起我的抱怨，它停留在自我的那个层面上，在那里，我什么都无法控制，包括梦想、想象、理想和荒谬的构建。

整整七个月，我都只通过他活着（开学至今我见过他二十二次）。我首先需要的是常理，我从来不是处在我应该在的那个层面上，我如此孤独，连我自己都为此感到惊讶。必须重新明白诸多现实的意义。健康的意义，常理的意义！

我一直都是疲倦的、紧张的、兴奋的、害怕的或者恼怒的，我让自己变成了一个令人生厌的病人。一定不能再这样下去，一定不能。我有了重整旗鼓的渴望，我感受到了这样的念头和力量。不再被任何一件小事所摆布，不再为任何一种思想所左右。可我清楚，我不由自主地还是会一直颤抖。一切都那么脆弱，尘间的这些事，记忆的尘土都轻易地被挥走了，即便那些最刻骨铭心的事！这么简单吗？当然不是，从来不会那么简单。不过也许吧。要是我对任何事都能有把握，那该有多好！

二月二十三日星期三

星期天未能成行的散步，对我来说是一种甜蜜的快乐，因为带着某种遗憾。安静而简单的夜晚，我感到特别平静，不必要的心烦意乱被驱散了，也确实已经被遗忘（我们聊过的里维埃、阿尔兰、科克托）。

今天，我独自在家，在书桌的一角，我激动地发现了两年前我的心，连我自己都已经忘记了……我又读了《埃莱》①，让我想起曾坐在宽敞的皮沙发上津津有味地读过的所有小说，真有意思。这就是我，和那时一样，那时我还未真正地开始活着。我明白那是一个怎样的深渊，那时我正徘徊在入口，门还未打开。如今，我走了进去，完全走了进去……

莫名的狂喜很快就会消散。刚才我不是站在阳台上，答应了一位英雄的示爱吗？我还是个小女孩，幸好，思考的狂热让我摆

① 玛塞勒·蒂奈尔的小说，于 1898 年出版。——原注

脱了所有无意义的多愁善感。我很高兴，在我能足够清醒与智慧的时候才发现梦，我很高兴，没有让不明的期望扰乱我的心，而是在巨大的激情向我袭来时，才敞开心门。我温柔地看着她，我的妹妹，她沉醉在美丽的故事里，为有属于自己的头脑而骄傲，她向爱情张开双臂，坚定地为自己争取幸福。我渴望爱情，但对我来说并不是必要的，我信心满满，因为未来似乎还很遥远，这么远，没什么可怕的……一年后即将开启的未来，这个爱反思的孩子会变成一个女人，但终究还是个孩子。难道不就在昨天吗，十七岁的我迎接戴着面纱的未来，却也不迫切渴望揭开面纱？我觉得就在昨天。一切都尚未开始，我没有感觉到任何事情会开始。我还不了解爱情，我还不了解我自己。我甚至不知道需要了解什么。我也不知道会流很多眼泪……这是一个傍晚，天湛蓝湛蓝的，空气很清新。这种味道很熟悉，我很喜欢……没有什么能引起狂热，无论是书、人，还是生活中的问题，还是童年……这个游戏让我放松，也让我高兴。这一年，我度过了甜蜜的时光，我被接受了。我从来不会渴望任何超过我现有财富的东西，而我觉得我有着许多财富：学业上的成功，很容易交到朋友、很快乐。快乐：这是这些天最好的命名，我再也不会如此这般拥有独立和无忧无虑的幸福。我感觉自己是生活的主人，我相信我的命运不会依靠其他任何人，除了我自己。属于我的平静的学习生活，点缀着些许简单的快乐。我享受着好书、蓝天带来的乐趣，抚慰难得的孤寂，打破它，然后快乐地交谈，这就是我简单的理想。我不在乎那些狂热和痛苦，尽管它们那么耀眼，与之相比，所有的快乐都黯然失色。真的，这很容易，也很迷人，那么迷人，以至于今天，当我找回它，我沉醉其中，而不再考虑更沉重的幸福。我清空了自己。我希望一直持续这样吗？有什么关系，因为它不可能持久。在这个学年结束的时候，巨大的空虚感已然开始出现，一种对其他事物的需求压得我喘不过气来，是活着的需要而不是等待生命的需要。

　　勒迈特，法朗士，是你们让这些安静的时光变得迷人，我那时还不懂思考，也不会爱人。"应该把那些已经不爱了的老玩具再捡起来。"萨尔芒说。要是按我自己的意思，我会整晚都和这个年轻却遥远的往昔待在一起，犹如昨日和我妹妹在一起一样，去年我们俩多么亲近。昨日！春日的这一天，不是今年中的任何一天的下一天，让我觉得仿佛紧接着另一个二月的美好的一天而来。一九二六年二月！《大个子莫林》和《爱人》在和煦的卢森堡公园里，慢慢地爬上我的心头。我不再处于生活的入口，我走了进去，怀着热情向前走，为所有生活向我作出的许诺而欣喜不已……一切尚未确定，但一切又都显现出来。又一次，就在昨天，我再次有了同样的经历……似乎在所有的可能性中，没有任何一种可能是快要实现的……似乎神秘的面纱刚刚揭开……似乎我依然是"空着的"。我必须重读纪德。纪德！"抛下的房间！美妙的出走。"这一切不再是语词，或是无意义的文学，当任何一个"存在"都没有填满我的时候……当生活不仅仅代表我的生活的时候。看到自己已然如此投入，如此富足，如此确定，我突然感到很悲痛。我曾怨恨最珍贵、但也最无情的限制。我何时做的才是对的？为什么是今天，而不是昨天？真实永远只能是此刻属于我的真实。当我感觉自己衰退，那是因为我的确如此。我感觉自己更加令人动容、更加丰富，那么也是因为我就是如此。

因此，我怀着极大的忧伤重读了《窄门》和《浪子归来》，感觉重新认识了这一不同寻常、不可言说的"属于我的生活"，那么遥远，那么孤单，到现在我还记得清清楚楚，而一旦消失，我无法重新找回对它的热爱，这样的生活里没有任何人的位置，所有人都认为这是荒谬的，或视之为一种妄想，而其实它才是最深刻的现实。我知道，它很快会离我而去，我不会再像去年那么痛苦，因为如今最单纯的人类存在对我都有着更有杀伤力也更美好的吸引力。但找回这样的生活的同时，我也想要防备这不是一种虚假的幻象，而是一段美妙的内心经历，尽管难以言表，却是实实在在的。

昨天我在圣热娜薇耶芙图书馆这样写道：还没有！我还不想把整个自我都奉献出去！哦！纪德！里维埃！动人又热烈的生活！哦，我无法言说的自我，在这九个春日里重生了！这所有与我有关的一切，我的自我从未参与，不要离开我，我还不想放弃所有被过于珍视的私心。我的自我重生了，它重生了，迄今一直隐匿在我过于沉重的爱情之下。纪德！美妙的出走！我的青春！

再给我一点时间，我的青春……里维埃离所有的攻击更接近（他只是缺少这种对值得同情的人的关注，而这一点我在阿尔兰的文字里看到了）。这是曾经的一天，这是去年的我在说话。我完全可以实现自我满足。爱情！哦！所有限制中最痛苦的，不可改变、无法挽回，你剥夺了我什么？它是那么遥远！在我痛苦地寻找自我的过程中，在我所有的克制中，它是多么大的障碍！难道它不是象征着回归时的放松、停顿，以及巨大的怯懦吗？我不知道。我什么时候是对的，什么时候是错的？这些无声的力量，内心无法达成的隐秘的渴望，还有所有这些无用之物，真的应该试着无视它们吗？明智还是失败？

失败，唉，浪子归来，他才是我失败的工具！可我也知道，如果不能卑微地接受被打败的结果，那就必须马上停止，不顾结果。（所以今天，你回来了……被打败了？不，不完全是，投降了……你终于放弃了成为你曾经想要成为的那个人……是的，我能感觉到，就现在，我失败了。）

这不是文学，而是一种痛苦的意识，或许有些夸张，意识到生活所要求的牺牲和残缺。而且到了晚上，纪德、里维埃、我自己都不那么重要了……读着巴尔贝的《麻风病人》，想象着放纵、温情、亲密。他严肃又沉静的脸，他的脸……

当我站在他对面（很少，越来越少）或充满热情或沉浸在单纯的思考中，我可以清晰地看到我们之间的不同，看到困难和牺牲。我的爱依然在，最真的存在。

我的内心无比平静，难道这就是我对自我的最后一句话，心灵与精神的巨大平静？我写得太累了，无法再好好调整自己，尽管我太需要这样做。可我知道：因为这些我看得清清楚楚的我们之间的差异，因为我热衷于分析自我，因为有思想上的顾虑和略带疯狂的敏感，才实现了一种神奇的平衡。我知道如何找到它而不迷失自我。我懂得依靠自己，我很平静。我既不想夸大自己的纠结，也不想夸大自己的简单。说到底，还是无比的简单：我的爱很简单，以此为基础，我建立了自己的生活，我平淡的幸福很简单，我感觉自己完全有能力实现自己的幸福并给他带去幸福。甚至我的存在也很简单，当它知道自己的意愿是什么的时候，会变得那么和谐和强大……我也有纠结，可必要时我也会放下纠结，纠结只是为了让我时刻准备好理解一切，感受到最细微的差异，不错过生活中的任何事。我会鼓起勇气行动，不假思索地生活，但不会因此忘记纠结一直在。而且，我一个人无法确定与自己相关的一切。再也不是他，也不是我，而是我们。他不幸福，我无法感到幸福，他不简单，我也无法简单。因此，我们形成一种新的东西，不可分割。只有我们一起才能找到答案，只有我们一起才能朝这个或那个方向前进。

　　我很恼火，在字里行间听到的都是黑暗日子的回声，而不是明媚清晨的欢乐之声。因为烦恼又回到我自己身上。爱、信任与平静，都没有必要说出来。不带狂热的渴望。平静的快乐……

三月三日星期四

生活还在继续，风平浪静。天气凉爽，我们单纯的友情照亮了这些备考的日子①，尽管我并不看重这场考试。我和莎莎一起去划船，有一种巨大的柔情把我们俩联系在一起，唉，我为她感到难过！要是没有她，我孤单、疲惫的少女生活该平添多少伤心痛苦。哦！我多么希望她能幸福，即使受伤害，也至少是有意义的。我痛苦地知道我对她有多么重要，可我能做的又那么少……难得的时光，仅有的时光……

有些夜晚，我充满激情和冲动，我感觉他的爱离我那么近……有些下午，我格外平静，我想着，我们各自的生活都一样平淡，而平稳和平静带来了令人动容的柔软。这样很好，这样真好……我们分隔两地，却始终在一起，我或许不再有那么多梦想，不过同时忧虑也少了，完全接受了"用无聊、简单的工作填满的卑微生活……"只是想到两个月之后，他就要离开，我有些害怕，离开那么长时间，那么长，而我必须在亲爱的他不在的时候好好生活。

我不再自我分析，我不再自我寻找。我还没有找到我自己吗？我难道还没有找到自己的道路吗？我终于摆脱了我自己，摆脱了令人厌倦的想法。我简简单单地生活，这很简单，我对生

---

① 3月7日星期一，她要参加哲学史资格考试。——原注

活，对爱情，都失去了激情。这份平和又能持续多久呢？一月十五日，我还在抱怨我的爱情压得我喘不过气来。今天，我接受了它的全部，而且知道我有理由这样做，我只希望它一直存在，这份爱情只是我的一种支柱，一种快乐。这样很好。

三月十二日星期六

我无法理解，一切的一切，我都无法理解。我重新开始写手记。我们回顾一下：三月五日，星期六，我等着雅克来载我去兜风。我准备了许多事情想对他说。一个星期，我都勤奋地学习，内心感到一种巨大的平静。他因为病了，没有来。我于是展开了丰富的想象：在他的床边，我无限温柔地为他朗读着他喜欢的那些片段，或者轻声地与他聊天。西蒙娜阿姨也在那里，他非常疲累，我的计划只能宣告破产。但是他倒了半杯干邑，我们一起欢笑，充满着温情，他答应我说星期一会和我一起吃晚餐，告别时他友好地向我表示感谢。

我顺路去了莎莎家，我无法忍受一个人待着。

星期日，我和朋友们一起玩扑克，玩得很开心，也让我把他完全抛诸脑后，而心里又一直惦记着他。星期一，考试没有给我喘息的时间。这一天，我筋疲力尽，却是快乐的，至少每一分钟都是充实的，都在做大家认为必须要做的事。到了晚上，很疲惫，甚至连为他不在而失望的力气都没有。星期二，和妈妈在一起，她总是来烦我，我几乎什么都不跟他说。不过晚上，我还是会用书里的温柔来对待他（况且我也见不到他）。星期三，我在那里，如同一位单纯的朋友。巴瑟维尔在放留声机，我在酒杯里斟上了酒，我开窗、关窗，而他在与他的朋友、祖母、叔叔说话，我把我的到场送给他，但不发一言。好吧，这样——我不吐露任何感情，但我知道，我在这里，他会高兴。温暖的、柔和的、简单的日子，怀疑和不安都不见了。我可以那么容易便想起他，不带激情，甚至不带情绪。我马不停蹄地忙于学业，夜晚我的床给了我温暖的庇护，春日又让我的灵魂变得更宽容。我没有渴望，没有期待，没有恐惧，生活一天天地过，很平静。没完没了的自我分析，钻研，还有为接近他付出的毫无希望的努力，这些都结束了。然后……为什么？……星期四？

上午、下午，我都饶有兴致地埋头于阅读洛克，我相信，晚上我的到场一定会让他高兴。我今天的故事可能还不是很悲惨，但星期四晚上的故事，我讲着讲着不禁泪流满面：

空气中弥漫着春日的气息，年轻女孩小心翼翼地打理了自己的头发，整理了干净、朴素的长裙，如此不招摇的打扮，很称她的心意。她想着晚上给病中的朋友带一束紫罗兰和黄水仙。可她又觉得这样会不会太可笑，她打消了这个念头。别在领口的一束紫罗兰便是她卑微、不显眼的祭献。她烦透了这个花束，它老是掉下来。包弄丢了，发疯般地去寻找。预感到可能幻想要破灭了。她到了朋友家，朋友家里还有另一位朋友。而她在那里，那么不起眼，被两个男人压垮。为什么他们之间有那么多事，她却无法参与其中？为什么对方那么优雅、那么权威，那么受人认可，似乎与她完全不一样？她在那里做什么？他们约了一起玩耍、读书，她觉得自己就是个不速之客，低人一等，一个小姑娘，没钱，晚上不出门，尤其内心深处还怀着惴惴不安的柔情：这个男孩那么优雅、富有、聪慧，他是个男人，他的朋友一定会更尊敬他吧，胜过对他这位表妹，她因为过于严肃而无趣，因为操心过多而不安，尽管她尽力让自己不那么惹人厌，而他却连她带来的花都没有注意到？正因此，这间病房里昏暗的灯光才变得更加沉闷：心情糟糕，疲惫，但至少应该要回应他，哦！

交谈还是和往常一样，他愉快地迎接着说再见的时刻。

（当然，还是可以从中获得一些快乐——坚固、悠长的友谊，熟悉，信任，但这些不是女孩在的时候所看到的。）她躲到了她女朋友家：长时间的、暖心的交谈，她把自己的伤心事说给朋友听，她安静、率直，穿着蓝色的长裙，看起来很漂亮。这么长时间以前，她第一次回到家后说：啊，莎莎，我最爱的人！病中的他自私、易怒、不温柔（他不能从情感上理解弗朗西斯·雅姆）。而您，我的朋友，无论何时，我都能向您诉说一切，而您也会耐心聆听；您，我的朋友，您就是奉献与温柔的化身。他缺少的一切都到了我嘴边，让我喘不过气：为什么是他，而不是另外一个人？为什么不是他的朋友或者随便一个与他同等出色的人？出去玩，这就是他追求的。他爱我，但像"鲜榨柠檬汁"，那么快……他很聪明——其他人也很聪明。我赋予他的道德高度在哪里？大个子莫林那无尽的多愁善感去了哪里？那个魅力无限，让我一见便如此惊慌失措的雅克，你在哪里？我看到的只有一个易怒、自私的病人。

我还要说：深情又单纯的莎莎，我告诉了您多少事，而您又并不理解。我多么羡慕您不理解这些事，我又多么气恼自己不能像您那样。您不会用嘲笑来回应他的讽刺，您不会绝望地自省，您会放下那些困扰我的纠结。您认为爱情泯灭一切，而说出"我付出爱"，便足够了。

不。

我付出爱。我爱他。假设：他爱我。这里的"我"是什么？说"我爱他"，便意味着大部分相继出现的我、被赋予"我"这个称呼的人都只能陷入对他的渴望和爱里，但是其他人与这些人是完全不同的，谁来帮帮她们，不让她们经历怀疑、厌倦或是冷漠？一旦我知道对他来说不一样，对我来说也不一样了。不过，当我无法带给他快乐的时候，我清醒地知道，这一完美的结合还未实现……

这便是为何昨天早晨，在熙熙攘攘的意大利人大道上，我目光闪烁，步履急促，激情澎湃地密谋要喝得酩酊大醉，又几乎恨透了这样做。然后又感到很羞愧，被打败了。"我的朋友。"我说，我很谦卑，我能承受。昨晚，在镜子前，我很恼火，因为你不懂得赋予我送给你的财富以合理的价格。如饥似渴的智慧与热情似火的感性结合在一起，那么狂热又宁静，如此决绝又充满期待，而最终这种力量成为只有你看得到的弱点，这些特质难道不是令人向往的吗？如今，我放弃了。如果我必须爱你，我会比你爱我更爱你。我不会再要求你把我想成对你来说不可或缺的人，尽管这会让我觉得甜蜜。不过当你需要我时，我会在你身边。我试图重拾的这份骄傲不适合我。你是我的生命。我只会，我也愿意，"成为你生命中的一部分"。

下午和若泽·勒科雷①一起划船。美好的一天，我们提出了许多宗教问题，这些问题我无法对任何人说，我感觉自己获得了解放，但又为重新建立这些联系做好了准备。尽管她爱嘲笑人，为人冷漠，但我还是喜欢她，因为她无比真诚。做旅行计划终于让我心情大好。今天上午，我必须调整好……

我认为这整件事都很荒唐。我不再因为从前的那些失望而感到苦涩和难过，但我怀疑我们之间的爱，我有时甚至希望来一次永别，这样我们至少能保全已经逝去的那些美好时光。我大错特错。我找回了单纯的爱。我再也不会说"我爱，尽管……"不再自怜自伤，而我说我想要原谅他，那就是假设我对他是有权利的，但这句话错上加错，因为会让人以为他在滥用他的权利（所以他有错），什么都没有发生。不过我已经意识到一些事：至少

①在讷伊圣马利亚学院认识的同学。——原注

还需要两年的时间，我的生命与他的生命才能融为一体，我们的灵魂才能结合，但每个人的生命又都是属于自己的。他明白这一点，他过着他的生活（我感觉，这也不足以给我权利说他爱我不及我爱他多）。我必须过我的生活，而不是依赖他。因为我没有权利把一切寄希望于他的一个微笑，或是让他肩负起带给我幸福的责任，这份责任如此沉重，他还不能承受。珍惜我所有的爱，但也让自己变得更加独立（至少是内心的独立）。那么如何生活呢？从知识的角度，几乎没有什么能填满我的生活，不过还有些卢浮宫的画（莫奈、塞尚），令人赞叹，画家的画展，书籍……作品：虚无。首先我需要新鲜的事物。当然，我还要注意让自己生活得愉快一些：打网球、划船、看戏剧、看电影、交朋友。我特别想去旅行。我害怕因为他，我们要分别，所以我会毫不犹豫地主动与他分别（由此我理解了他的观点）。哦！"抛下的房间！美妙的出走。"

我担心自己的道德价值。当然，我不同于任何一个摆在我面前的完美形象，为什么要让自己喜欢这样的形象呢？但我还是遗憾自己不再有这样的幻想……

星期一

考试通过了[①]。我也不再思考，我要生活。学习，闲聊，星

---

① 她通过了初试，还剩下口试。——原注

期六下午看《杂耍班》①，一部不错的影片，昨天和团队一起。我抛开了幻想中的生活；我不再在小说中前行，一切有了清晰、明确的面貌，一切都不再言说……没有欢乐，没有痛苦。可我不知不觉地颤抖，我的内心深处似乎有什么是极其痛苦的……

（哦！今天早晨，巴比尔和他女朋友，或是未婚妻［？］，他们洋溢着喜悦的笑脸，手牵着手，步履轻快，平和、安心地微笑。为什么我们会这么犹豫、怯懦，总是陷入沉默，爱情于我总像是沉重的负担？为什么我们不能像其他人那样？）

三月十八日星期五

为了不让这个"可能是痛苦的东西"苏醒，我一直在用工作、闲聊、散步来麻痹自己。自从我在星期四反抗之后，我感到必须要活下去，必须从自我中走出来。这几天我试图分散自己的注意力，但既不过分激动也不做出格的事。周三在索邦大学，我拿到了成绩，很出色②。昨天上午去散步，还有幸拿到了一张周日的票。今天和莎莎在一起，昨天的电影《战地之花》③看得我心潮澎湃：啊！这便是完完全全的化繁为简。能够这样度过凝神屏息的几个小时，所有的不确定都消失了。在我面前的自己，不可

---

① 德国导演埃瓦尔德·安德烈·杜邦执导的默片，于 1925 年上映。——原注
② 拿到了"优秀"的成绩。——原注
③ 金·维多执导的美国电影《战地之花》，于 1925 年上映。——原注

思议的安静和冷漠，没有烦恼，能够看着自己微笑地面对生活。

我对众生的热情又回来了。不再是去年那种感官上的折磨，而是一种有趣的好奇心，让我迫切地去认识新的人，即使很平庸，新的面孔也吸引我。我在寻找柠檬来榨汁，而且我很快就把它们用完了。我徘徊在陌生的、嘈杂的街区，与人擦肩而过，读广告，逛店铺，从中获得乐趣，这一乐趣的倾向是一样的：超越这个让我窒息的圈子。书籍也让我回味无穷：里尔克，亨利·弗兰克，后者知识分子气息过浓也过于抽象，但他至少在思考，或者说他只是在思考，还有吉卜林，托尔斯泰。在那家"商店"里，毕加索精美的作品让我驻足，克里斯蒂安·塞沃斯①书中出现的复制品令人赞叹。一本书，你必须阅读字里行间的内容，而一幅美丽的画作诉说了它想表达的一切。因此，在我看来，生活将再次变得可以忍受。也许思想、艺术、娱乐都能让我兴奋，暂时能让我满足。也许今年年底，我不会像年初那样不适应。我不会再生活在梦里，而会坦然地与现实世界接触，我将有条不紊地在其中找到所有兴趣。我不会试图超越自己，也不会用我的心去跨越无法逾越的鸿沟。我将是满足的，而不是快乐的。事情只会是现在的样子。这就是我的计划：好好学哲学，醉心于大量的阅读、绘画展览、戏剧和电影、划船、散步、闲聊。我将用我的智

---

① 克里斯蒂安·塞沃斯（Christian Zervos），1889 年出生于希腊，1970 年逝世。《艺术手册》的评论家和创刊人，他让大众认识了诸如毕加索、勒内·马格里特、夏加尔、米罗等艺术家。他设在圣日耳曼德佩（德拉贡街 14 号）的商店是 1929 年至 1970 年间杂志社的所在地。——原注

慧来使生活变得愉悦，我将在这里和自己一起谈论一天中有趣的事。是的，但是……所有这些，都是我无法投入爱的！今天天气很好，我享受着，感冒刚刚好。我需要爱做什么？

昨晚，我的内心发出哀怨的呼唤，要压抑它，实在很难。

此时此刻，我专注于自己，我找到了可爱的同伴，但我对自己不那么温柔。他是一位有魅力的朋友，我会很乐意与他见面，我感激他带给我的一切，但我对他没有任何感情。这一周以来，他几乎只是这样。

（由于横亘在我们之间的时间，一切都暂停了。要多长时间？没关系，一切肯定会恢复如初。）

或许现在是认真思考的时候了。我又充满了力量！

尝试思考

我真正的面貌是什么？年初，我用"严肃"一词定义自己，我给自己描绘了一幅肖像。我因为许多其他事把自己弄得很混乱。我必须摆脱外部的影响，重新找到真正的自我。

首先，是我思想的存在与我感受的存在之间泾渭分明的对立，同时又是（广义上的）充满爱意和充满智慧的，一个出奇的强大，另一个脆弱得可怜。而其余的，我也都会找到，不是通过勾勒我的肖像，而是通过创作我的故事。

如果一个人一直追求闭环，那可能再也找不到自己所处的位置。

重生（我说的是一九二六年一月之前，认识加利克之前）之前，我觉得活着便是唯一的快乐，我满足于此。

如今，我尝试找回这份快乐。

之前，我不知道需要抱有一种态度。

如今，我尝试过所有的态度，我拒绝任何一种态度，等等。

慌乱吗？不——完全达到了平衡。但我知道这样的平衡是建立在针尖之上。

我继续。

一九二六年一月左右，我苏醒了。我发现了自己的存在，因为加利克，我第一次感受到自己面对的是一个能支配我的人。我很激动。我不再需要去别处寻找：我必须变得跟他一样。我有一些道德上的顾虑。尽管我没有信仰，但我尽力为自己重建一种道德，我承认这些教条，不加争辩：应该让自己成为一个高尚的人——让自己变得有用——付出自我——自我成长，等等。基于这些公设，我构建了一种生活，一切欢愉都被排除在外，甚至连幸福都是不被期待的。佩吉：工作、学习、行动、行动，不要浪费自己一丝一毫的存在和行为。我认为最终一切都会如此。我为自己的孤独、为自我感到无比的骄傲。我既痛苦又充满力量。

纪德：读了《地粮》和《浪子归来》。门打开了，生活的奥秘也展开了。我从感官上享受着内心世界的快乐。这很重要，也很令人感动。

巴雷斯：我知道他对我说的一切。我意识到这一切，这是一件乐事。面对野蛮人，我确认了自己，不过我还是把一切看得太重了。

克洛岱尔压垮了我。他赋予我最细微的动作以意义。

傅尼耶、里维埃……我不谈论他们俩。他们没有教给我态度。他们对我说了一些话，只有我才听得到，也抵达了最真实的自我。我对他们的友情没有变。他们的嘲讽、轻佻，都出乎我意料。我爱阅读、爱分析。我沉醉在内心世界里，抽象，那么抽象！到年底的时候，我已经更加关注我是谁，而不是我做什么。加利克对我的影响正在消散。

今年，学习好好活着，而不再过一种抽象的生活，在心里或者在头脑里展开的生活。我的智慧变得温和，信仰离我远去，我知道生活里一无所有，多么可怕的失望。痛苦，痛苦，还有对幸福的渴望，已然没有别的什么了。我解释一切，理解一切，接受一切……可我不由自主地去思考，去想象，去夸大。我的爱，原则上很严苛，事实上很温柔。我错了，我想得太多了，可与不思考的时候相比，我更经常地依赖本能生活。

要是他愿意的话，当他愿意的时候。我等着。

可我不能抛弃自我。而且也不应该这样，我知道，尽管我把一切都建立在他身上。为了存在，我完全摆脱了他！为了生活，我又那么需要他！

为什么有时我会把他当作对手，对他口出恶言？

三月二十六日星期六

天空很蓝，学生生活多么简单而又愉快……周日在作坊和来自讷伊的朋友们一起，他们只不过是让我不孤独的借口。在蒙马特漫步。我变得非常贪婪。好吃的零食所带来的物质享受与我晚上躺在床上的感觉联系在一起，这种享受，没有人可以剥夺。

书籍，读了许多哲学方面的：尼采让我着迷。哦！查拉图斯特拉唱得多么动听！

就这样度过了这些平静的日子，因为我相信既然他不在巴黎，他的缺席由不得他，所以不必在乎。这些日子，没有对他的爱，也没有对我的爱。有时，看到自己沦落到为此分心的地步，有点厌恶自己，也因此流了些许眼泪。但其实我是因为太累了，不能忍受任何痛苦。而且这样很好，安静地生活，同时明白在这半梦半醒之后，一个动人的生命可能重生。观看了《瀚海孤帆》[①]，完美，无可指摘。我度过了一个神奇、完满的夜晚。

这个星期，让我感动的只有一件事，那就是布洛玛小姐的婚讯，和她写给我的那几行字，充满了信心和喜悦。她认为马塞尔·阿尔兰是错的！我有一种很奇怪的感觉，在她的自信面前，我既羡慕又有些泄气。这种感觉愈加强烈，是因为我理解她，我

[①] 英国戏剧家萨顿·文（Sutton Vane, 1888—1963）的作品，1926 年12 月由儒韦在香榭丽舍喜剧院搬演，并获得巨大成功。米歇尔·西蒙参加了首演。——原注

无法看不起她。我和她一样相信爱情会带来纯粹和简单，可我也相信爱情能成为新的痛苦的根源。任何事，我都理解（指理解得很深刻），我感受到矛盾。然而我无法确认一切！这的确值得我付出更多的努力，不惜一切代价地摆脱这些令我烦恼的纠结：我想接受一种观点，一直坚持。确实，太多的可能在我的内心打架：一会儿是恼火的，想要玩乐，玩乐，玩乐……不道德（原则上），自私，反抗，追求享乐（因为绝望）。一会儿又听任自己纠结，高兴，又严肃，只为自己考虑，痛苦、不安、苦恼。一会儿又很平静，简单，完全放弃，并极度地渴望安宁与平静。

不过确认这件事是那么必要吗？只需任由自己被生活塑造。

阅读《思想》，在索邦与一群知识渊博的学生交谈，还有一向充满智慧的巴吕兹的课，所有这一切都燃起了我对知识的狂热和内心深处的欲望。

我不再玩乐。这样的回顾对我有一种严肃的影响。为什么？因为我认识其中一位编者[①]，也就是说，我触碰到了这几页文字中所表达的一个人的信仰。我知道众生都经历过这些（在这一点上，我还是很女性化的，我认为只有那些被体验过的思想才能激发我的兴趣）。这让我感到愤怒和不快，只要我觉得我的某个部分没有表达出来，或者看到我尚未使其成真的可能，我就会痛苦和不安。这些可能离我很近，以至于我的局限成了牢笼……我知道他是这样的人，从他内心可能会产生一种对我的爱……我

---

① 即夏尔-亨利·巴比尔。——原注

可以想象那会是什么样子。

这样的内心生活，它原本可以、也可能为我所有：信仰，热情，对真理的探索。对我来说，它们使哲学变得生动。斯宾诺莎，笛卡儿，不再是遥远的形而上学者，思考与生活无关的事，而是直指本质问题的人。尤其是：妒忌、怨恨。如面对布洛玛小姐的信。任何拥有确定信念的人（除非我可以鄙视他），我都羡慕他，并因无法分享他的秘密而感到痛苦，而我越做不到便越痛苦。

之后我意识到，生命极大地超出了我的生命可以承受的范围，因此才会有一些我可以爱却不会爱的人，一些感受的方式，一些我需要了解但永远不会参与的事情。

因为不能成为世界的中心而痛苦！为自己如此闭塞而恼怒！令我更加气愤的是，这些并不是空洞的梦想，而只是环境使然，决定了"我不会走得更远"。我知道我必须选择，但有时，我只能在我的选择中看到我被迫不接受的东西。

亨利·勒费弗尔有几页关于爱的文字写得很精彩。但我最感兴趣的是这种普遍的趋势。我一个人的时候，对自己说：荒谬，虚无。什么是寻求真理，什么是哲学？我没有灵魂。但我重读了巴比尔："我们处在真理中——当存在与否的问题出现在我身上时，哲学拯救了我。"这些话带给人多大的信心！莫朗日的文章带给人多大的信心。这并不荒唐，这就是这些人的生活。

哦！想想我可以做的和可以成为的一切！我知道我自相矛

盾：常常，最经常，我看到的是其中的虚无，我痛苦的是一无所获的无用。但这本身也是一种痛苦：感觉到一个人的智慧、心灵，整个生命里，有那么多的财富永远没有被使用过！去认识有智慧的人，我可以和他们一起热诚地工作！写一部作品来承载我的想法！

我清楚我思想的价值，我清楚我生活的价值，而这些都是不能被使用的，永远不能被使用！

这些狂热，这些快乐，只不过是我指间的一粒粒尘埃！

我的力量，我的骄傲，我的价值，我！

所有这些能欣赏我、爱我的人都不了解我！属于我的东西渐渐消亡，而我抛却了那些不能为我所用的东西。我的优越感能有什么用？我相信我是有价值的，我相信我一定会干出点什么！

我不希望我的爱情成为某种妥协！我无法做到，我甚至不知道该不该放弃我自己。一定要，我们的爱一定要是美好的，这样才能取代我生命里的一切！一起看吧！如果我了解的那个人像我爱他一样爱我，那么其他一切以及那些我不认识的人，对我来说又有什么重要的呢？（为什么如此严苛地看待他所有的缺点和弱点呢？崇拜比爱要甜蜜得多！在崇拜中可以失去自己，完全放弃自己。在像我这样清醒的爱情中，我无法通过放弃一个更强大、更优秀的存在来寻求自己的平静……要是他在这里就好了！我可能既看不到他的缺点，也看不到他的局限，这些局限也会变成我的局限，我只看到他热情的笑容……）

雅克！我再也无法这样下去了。离我近一些，我的朋友，到我身边来！

其他的都不重要！除了我想靠近的人，再也没有其他人，我自身也没有任何东西是我想让人了解和欣赏的。我很孤独，很孤单，很寂寞……而且我很爱你！两个多星期以来，我一直被这种爱和这种召唤压得喘不过气来，我试图让自己的生活摆脱你。这是很荒谬的。我知道我只能与你生活在一起。我不能说是我了，而是我们！听着：我们为什么要离对方那么远？我现在需要准话，我需要你所有的柔情。我爱你……爱得热烈。

四月十二日星期二

香榭丽舍大街在太阳的照耀下熠熠生辉。无数的小吉尔贝特、小马塞尔·普鲁斯特在我身边上蹿下跳，而阳光照得我眼睛都无法睁开，我的青春也照耀着我的灵魂。这些日子，我从自我中抽身出来，可又无处可去。我沉浸在看电影、看戏剧，与高师的学生聊天中，他们非常聪明，但我不太喜欢他们高度的敏感，以及能一眼看穿的聪明才智。但这也不会阻止我非常、非常地喜欢索邦的图书馆，这些年轻人就在这里生活：听他们交谈，想象着他们的人生……

若尔热特·列维带给我许多有关犹太精神的新知识。听她讲，理解她讲的内容，我从自我中走出来，很愉快。布洛玛小姐找到了宁静与快乐，不过，对她来说，爱情之所以是个避难所，那是因为她现在二十六岁，已经经历了许多，而且形而上的问题对她来说根本不是问题。此时此刻，我的内心没有一丝波澜，尽管已经见过雅克两次了。

写作。在这部作品中，我会诉说一切，所有。我迫切地需要这么做。读齐美尔和他的作品①是我的一大乐趣。我多么热爱时间！我多么喜欢感受时间！

而且，像今天这样，因为一种奇怪的两重性，我看待自己如同看待他人一般，当我审视自己的时候，这是一个已经完成的东西，而不是一个正在成形的东西，尤其当我感到自己那么聪明，那么有智慧的时候，不是一种狂热，而是安宁和凉爽扑面而来，我贪婪地呼吸着这春日清新的空气，我感受到了完满与完全的独立。我超越了！超越了内心的慌乱，超越了思想的混沌，超越了众人的想法和爱。

孤零零的！一种绚烂的孤独，这不是与世隔绝，而是一种优势。我不再像去年冬天的某些日子那样，活在捉摸不透的境况里（唉！我写信告诉莎莎，我会找到出口吗，还是像大个子莫林那样，所有找寻都是漫长又徒劳的？），我要活在一个与瓦莱里的诗所描绘的同样的世界里，在那里，人是那样完满，无需畏惧任何伤害。我觉得自己是一个纯粹的精神（阳光的照耀和健康的体

---

① 格奥尔格·齐美尔（Georg Simmel, 1858—1918），德国哲学家、社会学家，代表作有 1908 年出版的《社会学》。——原注

魄带来的所有身体上的快感对这种状态来说是必需的）。我的思辨思维已经足够，或者更确切地说，我与我的思想重合了。我与自我重合了。无论未来还是过去都不存在，我过去曾是的那些"自我"与我未来要成为的"自我"也都不存在。只有现在，我强烈地存在着。我听到远处的声音传来，如同我的情感。活着！活着！身体和精神一起活下去，太让人陶醉！这样太好了，甚至让我觉得比起爱情带来的陶醉，一点也不逊色。

我在《消失的阿尔贝蒂娜》中读到了许多有关爱情的深刻论述，而齐美尔的这篇讨论主客体关系的文章带给我很多乐趣，和普鲁斯特的分析一样精彩。理性地去理解，富有哲理地、冷静地去解释我们所经历的、所感受的，这是多么大的智性上的享受！属于我的财富！我从中获得的体验化为我对写作的强烈渴望。我什么都不需要。不需要雅克，不需要我所投身的这外在生活，不需要意识到自己有多重要。我的内心是无止境的，只存在于我头脑中的虚构世界（由我创造的或由普鲁斯特重新创造出来的）比外在的世界更为现实。哦！我太喜欢普鲁斯特了，他知道一定要让我认识这样一个世界！

我想要呼唤自己的所有财富，所有的！我不知道怎么开口！我会说，我能说的只是我想说的四分之一！如何才能让内心世界变得客观？不过，这与梦是截然不同的，它的确是存在的。我又回到了去年许多天里所处的那种精神状态。一九二六年就仿佛是昨天，那个冬天里的温情与悸动已经离我很远了。活着，不再思考！

站在镜子前，看着自己，哭泣，还看着别人怎么哭、怎么说、怎么看自己。转过头——哪个才是我？那个会玩乐、不思考、演戏的女孩？还是那个严肃、被感动、痛苦或安静的女孩？我的形象还是我自身？我自身会不会并不是我的形象？

我知道如今我是我思想和自我的主人，我摆脱了所有影响，终于鼓起勇气存在，是时候该实现了。我找回了属于自己的珍贵的生命……

而这一切，我也可能放弃，只为了再次感受自己的心。鸵鸟常常把头埋在羽翼下，逃避那些它不想看到的。而我，当我不愿意想起你的爱时，我会想象你根本不存在，你不需要我。而你什么都不知道！你也不会知道，那个分分秒秒都在呼唤你的名字的女孩，和那个丝毫不思念（或者说不用心想念）你的女孩之间有着怎样的差别。

我想星期四再见你。我需要你吗？不。这是为了激发一种我没有的需要。为了忠于两个月前的我，因为我知道这个我一直存在，很强大。

有些花，蓝的，绿的。"其他人"不存在（正是因为他们，我才会痛苦，比起我自己的痛苦，我更为他们所遭遇的而痛心）。

我在放假，放假，放假！

四月十五日

　　我收到了莎莎的信……有一件事让我感到非常惊讶：面对自己，我们感觉自身是那么脆弱、那么一无是处！但对于其他人来说，这些对自我产生厌恶的瞬间又是一种财富！她还是比我优秀！她还是比我优秀！我已经开始关注我自己，我很高兴在她的眼睛里看到了我的影子——自私，骄傲，严苛，这便是我撕开内心的伪装、赤裸裸暴露的样子。为什么其他人会认为我是一个充满爱心、谦卑、乐于奉献的人呢？星期三，布洛玛小姐对我说了一件奇怪的事，一直以来她抱着一种怀疑，是关于她自己的，会让她不断地问自己一个问题：我真诚吗？我难道不是在演戏吗？我没有同她一样的感受和经历，要是我做一件事、经历一种情感，那一定是因为我非这样做不可。我不会放任自己，面对生活，我抱着一种去挑战它的态度，只有被它打败，我才会承认自己的失败。我脚踏实地地坚守住属于自己的每一寸土地。因此，我不能怀疑自己的真诚。

　　不过还有其他事情困扰我：别人有理由爱我吗？或者说别人爱上的只是我的虚假形象？在默西尔小姐面前，我坦陈自己的所有痛苦，希望从她那里听到一声责备。她理解，但她喜欢这些我为之羞愧的弱点，她笑我顾虑太多。我还是很震惊，她竟然会赞同那些令我痛苦的事。当然，从某种意义上说，我的形象并不是虚假的，我把一切都告诉她了，可我们对别人的判断不是总会出

117

现偏差吗？我想说的是：理解并不代表经历。有些事表面看令人动容，但其本质是可憎的。他人只了解我们所表达的自我。即便这种表达是世上最真诚的，也不能与我们的本质画等号。说起两个人的时候，总说一个人忍受另一个人。当一个人能够表现骄傲的时候，那是因为他只注意被表达的那个存在，因为他从外面看待它，但另一个人，纯粹的自我，是撇开它的行为和行为的可能性被加以审视的，多么悲惨！不过这可能是一种纯粹的抽象……也许只有从具体的决定中剥离真正的自我，才能实现……不！我的同伴厌倦了这一个个沉闷的夜晚，无情地附和着我的脚步，经常露出扭曲、可憎的面目，你就是如此！

　　这也是我在读这些日记、书信集时，让我不安的地方：这一形象，即使是真实的，用柏格森的话说，也只是"自我的第二面"，而第一面，所谓的形而上的人，是什么样的呢？照这么说，人既不能爱也不能崇拜其他人。确实如此，我不欣赏任何人，也因此，我觉得别人对我的一点点崇拜，我都是绝对配不上的。爱？倒是可以——内心的自我，在我不恨它的日子里，我既珍视它又同情它。现在，这样的自我表达是真实的，或许是吧……这个自我可以被勾勒出来，它在思想，在行动，在言说……我的思想也正是我自己。要是我不那么轻视它，或许我会感到更大的安慰：这个自我是丰富的，有活力、有智慧的，莎莎说——可能我具备所有这些。一个失聪的演奏者，他只看到自己手的动作，并由此判断这些动作并不优美，而观众却为他的才华热烈鼓掌。可是在他心里没有感受到任何可以说服自己接受这些掌声的理由。谁是对的，失聪的演奏者还是观众？（然而音乐是一种现实。）

莎莎爱我，雅克爱我。而他们两个人一开始都不相信我，没有了解真正的我（我想起斯宾诺莎那句美妙的话：当恨转为爱的时候，会变成一份更为强烈的爱，比之前从未有过恨的那种更强烈。这句话揭示的真理着实令如今的我赞叹不已。）过去，我在无意间戴着怎样一副严苛的面具？幸好我战胜了这一切，很开心。

手记第三卷完